光文社文庫

文庫書下ろし

ぶたぶたのティータイム

矢崎存《あり》美《み》

光 文 社

この作品は光文社文庫のために書下ろされました。

目次

アフタヌーンティーは庭園で

杉沢凪子《すぎさわなぎこ》は、ガッチガチに緊張《きんちょう》していた。

慣《な》れないワンピースなど着ている。母の宗代《ときよ》は、

「すごく似合ってる！」

と喜んでいたが、果たしてそれは本当だろうか。

ここは庭園《ていえん》だ。バラが咲き乱《みだ》れ、周囲にはいい香《かお》りが立ち込めている。他にもツツジやハナミズキ、スイセンやスズランが咲いていて、なんと藤棚《ふじだな》まで！　生《い》け垣《がき》にはジャスミンもあった。その香りもかすかに漂《ただよ》っている。

はー、こんなところが都内にあるなんて……。天気もいいし、なんてすてきな休日だろう。

見とれていると、庭園の奥から静かにワゴンが現れた。上には六つほどティーポットが載《の》っている。庭園にはテーブルが三つ。二人ずつ座っている。

ワゴンは勝手に動いているみたいに見えたが、凪子はそれがどうしてか知っている。

「手伝わなくちゃ！」

母が立ち上がる。

「あっ、大丈夫ですよー」

ワゴンの陰《かげ》から、ぶたのぬいぐるみが現れた。桜色《さくらいろ》のぶたのぬいぐるみで、大きさはバレーボールくらい。ビーズの点目《てんめ》に突き出た鼻。大きな耳の右側はそっくり返っている。そして、白いエプロンをつけていた。コットンのなんの飾《かざ》りもないものだったが、芝生《しばふ》の緑にひどく映《は》える。ドレスじゃないけど、ワンピースにも見えるような——なんだか、リアル不思議《ふしぎ》の国のアリス状態。

「いや、取りに行ってもいいんじゃないかな？」

隣のテーブルの男性が言う。

「そうね、大変そうだもの」

彼の奥さんも言う。

「いえいえっ、手伝いの方もいますので！　せっかくのアフタヌーンティーですから、お席の方に戻ってください」

ぬいぐるみの抗議《こうぎ》も虚《むな》しく、ティーポットが運ばれようとしたが、見た目が同じなので、どれが誰のかわからないという事態におちいる。

手伝いの女性――さっき出迎《でむか》えてくれたハウスキーパーさんもやってきた。

「お運びしますので、どうぞお席でお待ちください。お気持ちはとてもうれしいです。ありがとうございます」

ぬいぐるみにそう言われて、凪子の母も含めた三人ほどがすごすごと席に戻る。

隣のテーブルにはハウスキーパーさんがポットを運んだが、凪子たちのテーブルにはぬいぐるみが持ってきた。車輪《しゃりん》のついた踏《ふ》み台のようなものもテーブル脇にちゃんと用意してあって、そこにポットを二つも持ったまま乗る（なんのためにあるのか、と疑問だったのだがこのためだった）。一瞬飛び乗るかと思ったが、ちゃんと階段があるらしく、そんなアクションシーンはなかったのであった。

ポットをつかむぬいぐるみの手は、ほぼ鍋《なべ》つかみだった。熱くないんだろうな、きっと。

テーブルにポットが置かれる。あとは自分たちで、と手を出しかけると、ぬいぐるみは素早《すばや》くティーカップに茶こしをセットし、紅茶を注《そそ》いでくれた。そして、ポットに鍋つかみみたいなものをかぶせる。かわいい花の刺繡《ししゅう》が入った第二の鍋つかみ！

「あと一杯は充分《じゅうぶん》ありますので。飲み比《くら》べなどもなさってください。ミルクも足りなければ言ってくださいね。レモンもご希望ならお持ちしますが？」

「あ、レ、レモンはけっこうです……」

凪子も母も紅茶にレモンは入れない。

「おかわりは自由ですので、お気軽にお言いつけください」

「は、はい……」

凪子はそう言うのが精一杯だが、

「いっぱいあって迷《まよ》っちゃいます。おすすめの紅茶があるんでしたっけ？」

母はメモ帳片手にそんなことをたずねる。

ぬいぐるみがスラスラと紅茶の名前を言う。母は楽しそうにそれをメモった。凪子も、テーブルに置いてあるメニューにこっそり印をつける。

「おいしかったら家でも飲んでみますね」

「ありがとうございます。楽しんでください」

ぬいぐるみがニコッと笑ったような気がした。

もう一つのテーブルにも紅茶を運び、なんだかおしゃれな会話を楽しんでいるようだが、どうしてこんな場に自分がいるのだろうか——と凪子はまさに、不思議の国に迷い込んだアリスになった気分で小さくなっていた。

きっかけは一ヶ月ほど前だった。五月の連休に、田舎《いなか》から母が出てくるという連絡をもらったのだ。

ちょっと驚いた。この時期に仕事を休むとは。実家は農家なのだ。兄夫婦も手伝っているとはいえ、五月は一番忙《いそが》しいのに。

だからなのか、父は来ない。というか、母からの連絡のあとに、父からも密《ひそ》かに電話をもらっていた。

「大丈夫なの？　こんな時期に東京に来て……」

確かに前から「一度遊びに行きたい」と言ってはいたが。

「あたし、やっぱり帰省《きせい》した方がいいかな」

凪子が帰らないからこっちに来ようと思ったんだろうか。

「いや、仕事は大丈夫だよ。今年は人手《ひとで》が足《た》りてるから、久しぶりに旅行にでも行けばって話になったんだ」

偶然にもいとこたちが同窓会や結婚式などで一気に帰ってくるそうなので、彼らをバイトとして雇《やと》うことになったという。

「お母さん、『一度凪子とゴールデンウィークに遊びに行ってみたい』って言ってたから、相手してやってくれ」

確かに小さい頃からゴールデンウィークで学校が休みになっても、ほとんど遊びにも行けないし、旅行なんて一度もなかった。周りもみんな同じような家の子供ばかりだったからあまり気にしていなかったが、母はずっとそういう望《のぞ》みを持っていたんだろうか。

「いつも凪子が東京でどんな生活してるのか心配してばかりだからな」

それは確かに母からよく言われることではある。

「そんなに心配しなくてもいいって言ってるんだけど」

人間関係のストレスがあまりない職場なので、忙しくてもなんとかやっていける。

「お前がそういうことをごまかすような子じゃないって頭じゃわかってるけど、それでもお母さんは心配なんだよ」

「じゃあ何すればいいの？」

「いや、一緒に楽しく過ごせればいいんだって。お母さん、本当は東京でアフタヌーンティーってやつがしたいらしいぞ」

アフタヌーンティー！　おしゃれなお茶会らしきもの、ということしかわからない。鳥かごみたいなやつにスコーンとか載っているんでしょ？

「東京じゃなくてもできるんじゃないの？」

実家のあたりは車で出かけられる範囲にいろいろな施設《しせつ》があって、けっこう便利なのだ。

「できるよ。けど、お母さんはお前と行きたいんだよ」

「ええー……そんなとこ行ったこともないし」

紅茶もほとんど飲まない。おしゃれな空間や雰囲気《ふんいき》って苦手なのだ。柄《がら》に合わない。

「でもお母さん、何も言ってなかったよ」

買い物や観光につきあって、とメールには書いてあったが。

「予約しようとしたらしいけど、連休だからどこもいっぱいだったらしいんだ。あと『高いなあ……』って言ってた」

「いくらぐらいなの？」

父に言われた金額にちょっと引いてしまうが、ワリカンなら出せない金額ではない。

「あたし、出すよ」

「うーん、でもやっぱり行きたいところがあるみたいでな。そこが全然予約できなかったのがショックだったみたいだよ」

「どこなの？」

父は、母が問い合わせの電話番号をメモした紙をゴミ箱から拾っていた。聞いたことのあるところも、全然知らないところもあった。ホテル名などはさすがに知っているが。っていうか、そんなにアフタヌーンティーってやってるところあるんだ。全然知らなかった。

「こういうのじゃなくてもいいから、どこかいい感じのところに連れていってやれよ」

と父に言われた。

母はサプライズの趣味《しゅみ》もないし、むしろ嫌《きら》っているから、予約しておいて実は、などということはないだろう。つまり、アフタヌーンティーに行けなくて、本当にがっかりしているということだ。

そんなに混《こ》んでるものなのか——と思い、憶《おぼ》えている限りのホテルなど検索《けんさく》してみたらば、確かに予約が取れない。連休中どころか、週末は何ヶ月か先までいっぱいとか、普通ではないか。

全然知らなかった……。あまり興味ないから。母と凪子の趣味はほぼかぶらない。小さい頃からそうだ。共通点は、お互いにインドア派《は》ということくらいだろうか。母の場合は「比較的《ひかくてき》」と頭につくが。

母はひとことで言えば、完璧《かんぺき》なるカントリーガールだ。働き者で手先が器用《きよう》、料理も上手で、ひとときもじっとしていないタイプ。農家なのである意味アウトドア派なのかもしれない。そして、自然の恵《めぐ》みは余《あま》すところなく使い尽《つ》くす。加工品を作って即売所《そくばいじょ》で売ったり、料理教室や裁縫《さいほう》教室をやったりと活力《かつりょく》にもあふれている。

そんな母から生まれたのに、凪子はぐうたらで本やマンガ、映画やアニメばかりを好《この》む、いわゆるオタクな子だった。手先は不器用だし、料理も苦手、服などにも興味がないし、なるべくなら横になってマンガを読んでいたいという省《しょう》エネな子供だった。

フリルやリボンでヒラヒラな服が好きだったがガタイのいい母は、華奢《きゃしゃ》な娘が生まれた時、たくさん服を作って凪子に着せるのを楽しみにしていたらしいが、これがまた、母とは違う意味で似合わなかった。まずピンクとか白とかパステル調《ちょう》の色がまったく合わない。枝《えだ》のような手足で着ると、ハンガーが動いているみたいに見える。じゃあせめて色を工夫《くふう》して、と最終的にはゴスロリみたいな服まで作ったらしいが、どうしても凝《こ》った飾りが借り物くさく浮いてしまう。シンプルでスポーティーで、濃《こ》い色の服が一番似合うということに気づいてからは、小物等を作るだけに留《とど》めてくれた。

とはいえ、服に興味のない凪子は、なんでも差し出されたものを着ていたのだが。

「中学のジャージの方がずっと似合ってたのに気づいた時は、ショックだったよー」

と今は笑い話だし、いっぱい服が作れて楽しかった、とも言うが、もっと熱意《ねつい》を持って着てあげれば母も喜んだろうな、と思う。

違いすぎる娘を疎《うと》ましく感じる母親もいるだろうが、母はぐうたらな娘を心配して、高校時代からいろいろ資格を取ったり、専門的な方に進むよう助言してくれた。そのおかげで東京で生活もできている。文具《ぶんぐ》会社で経理《けいり》をしているのだ。

少女の頃の好みを貫《つらぬ》いている母の最近の趣味は「紅茶」なのだそう。と父から聞いた。紅茶によく合うケーキも研究中らしい。

「あー、それでアフタヌーンティーをしてみたいって思ったんだね」

父もつきあって、近くの高原《こうげん》にあるオーベルジュとかいうところでアフタヌーンティーをしたという。

「したんだ⁉」

「したよ」

「どうだった？」

「いや、けっこうボリュームあって、腹《はら》いっぱいになった」

「腹いっぱい」なんてワードは、アフタヌーンティーにはそぐわないように思うが、父はとにかくそればかりくり返す。

「昼飯《ひるめし》は食ってったらいかん」

「一応本場ではお昼ご飯ってことらしいよ」

ネットでささっと調べた。

「マジか！　お母さんも昼食べたけど、全然平気で、俺《おれ》の分までペロリとたいらげたぞ！」

さすが母。あたしはそんなに食べられないかも。

「そこで満足はできなかったんだね」

「いろいろなところでしたいんじゃないかな。東京でならお前と」

ちょっとケーキ率《りつ》の高いランチだと思えばいいか。お店によってメニューもいろいろあるみたいだし。

基本はサンドイッチとスコーン、そしてケーキ、という三層になっているらしい。屈子は、それほど甘いものが得意《とくい》でない。これもまた母と違うところだ。母は食べるより食べさせる方、そして作る方が好きみたいだけど。

「アフタヌーンティーができなくても、お前と会うのは楽しみにしてるから。相手してやってくれ」

と父は言う。言われなくても相手するにきまっている。せっかくだからアフタヌーンティーをさせてあげたい。でもどうしたらいいの？

調べると、紅茶専門店などでもアフタヌーンティーはできるらしい。けど、紅茶はともかくお菓子がおいしいかどうかわからないところがリスキーだ。ホテルのラウンジなど有名どころはある程度の評価が出ているし、雰囲気含めて楽しむというのもわかる。だから人気なんだな。人気の専門店も、混み具合はホテルと変わらない。

混んでいないところにはそれなりの理由がありそうだし、単に知られていない可能性もある。確かめる方法は行ってみるしかないのだけれど、そんなヒマはない。アフタヌーンティーというだけあって、基本午後の間に提供《ていきょう》されるものだ。店によっては夜でも、というのもあるが、ごくごく限られる。

ネットの口コミとかしか頼るものがない……。会社でも女子たちにいろいろ訊《き》いてみたが、やはりすでに耳にした店名しか出てこない。

一ヶ月近く、凪子は会社で人に訊きまくっていた。経理部で、他の部署《ぶしょ》の人も比較的出入りするので、結果的に噂《うわさ》を広げまくったみたいになってしまった。しかし、望んだ情報は得られない。

だが、意外な方向から救《すく》いの手は差し伸《の》べられたのだ。

連休の一週間前、凪子はいまだアフタヌーンティーの予約もできない状態だった。無理かなこれは。ダメだった時のことを考えて、ケーキがおいしいと評判のお店はいろいろリストアップした。テラス席とかロケーションのいいところで食べたりするのもすてきじゃないかな。アフタヌーンティーの予約は無理でも、普通に席を予約してデザートを食べることもできるし。イギリス伝統料理の店も見つけた。そのいくつかはなんとか下見《したみ》をしたいところ。しかしヒマがない……。

そんなふうに仕事中も考えていると、突然部長から呼ばれた。なんだか難しい顔をしている。

「なんでしょう……？」

何かミスした？　気づいてないだけ？　振込《ふりこみ》で桁《けた》間違った？

「社長がお呼びだよ」

「へ？」

変な声が出る。

「社長室へ行きなさい」

「ええっ!?」

今度は大きな声が。

「なんでですか!?」

そんな、社長に直《じか》に怒られるようなミスしたの、あたし!?

「いや、とにかく来いと。悪いことじゃないからって言ってたけど」

そんなふうに言われても……話したこともない社長（たまに開かれる慰労会《いろうかい》などで顔は知っているが）にいきなり呼び出されて、何もないとは思えない。たとえ悪いことじやないにしても。

「早く早く。社長、三十分後に出かけちゃうみたいだよ」

部長に急《せ》かされる。

「ひ、一人でですか？」

「一人だよ。あたしは忙しいんだから」

確かに部長も出かける支度《したく》をしていた。そりゃそうだよな。子供じゃないんだから。

「わかりました……」

うなだれて社長室へと赴《おもむ》く。ドアをノックすると、秘書《ひしょ》の女性が出迎えてくれた。

「社長、お待ちですよ」

奥のドアの向こうに社長の浅尾《あさお》がいるらしい。

「失礼します～……」

おそるおそる入ると、奥の机に社長が座っていた。

「おー、君が杉沢さんか」

「はい……」

「ちょっと座って」

と、机の前のソファを手で示す。

社長は小柄《こがら》でやせていて、お歳《とし》は六十代のはずだが、とてもエネルギッシュな人らしい。ビジネス雑誌などを読む限りは。けっこう有名人だ。そんなに大きな会社ではないが、業界とか経済界《けいざいかい》に顔が広い――らしい。

「いきなり呼び出してすまないね。お茶とかゆっくり飲んでる時間ないから、これあげる」

と言って、ペットボトルのお茶をくれた。こういう人なのか……。

「ところで親孝行《おやこうこう》したいんだって？」

これまたいきなり言われてびっくりする。

「えっ、どういうことですか？」

そんな親孝行とか、具体的に考えてはいないけどっ。

「お母さんを東京で楽しませてあげたいって思ってるみたいじゃない？」

……ああ、それか。

「え、それはいったいどこから……？」

「会社で話題になってるよ」

えーっ、どういうことなの⁉　見境《みさかい》なく訊いていたから⁉　……見境なく訊いていたからだろうな、きっと。まさかそれが社長の耳に入るとは。怖《こわ》い。

「ええ、まあ……行きたいところがあるみたいなんですけど、混んでて全然予約できないんです」

あっ、社長のコネでホテルとか予約できないかな⁉　この人ほど有名なら、そのくらいできそう。

「そうみたいだね。お母さん、何がしたいの？」

「アフタヌーンティーがしたいそうです」

「ああ、英国式《えいこくしき》のお茶の時間」

「はい」

アフタヌーンティーって午後ティーだな、と頭に浮かんだが口には出さない。とよく見ると、もらったお茶が午後ティーだった。何これ、狙《ねら》ってるの？

「アフタヌーンティーができなかったら、どうするつもりなの？」

「おいしいケーキが食べられるところに連れていこうかなと思っています」

「お母さんはがっかりするかな？」

「いいえ、そんな母ではないです。多分、なんでも喜んでくれるはずです」

内心はがっかりしたとしても、表には出さないだろうな。今までもきっとそうだったに違いない。

「じゃあ、うちのアフタヌーンティーに招待《しょうたい》しますよ」

……ん？　凪子は首を傾《かし》げる。

「うちで今度の日曜日に、アフタヌーンティーをやるんだよ」

……何を言っているの？

「君たちを招待するよ」

「えっ、社長のお宅《たく》でということですか!?」

「そうだよ。パティシエというか、紅茶と菓子の店やってる人に出張してもらって、庭でいただくんだ」

どうしてそんなことを……まさかうちら親子のために？

「あ、君たちのためじゃないよ。実はうちではよくプライベートのアフタヌーンティーをやっているんです。それで君の『母親の願いをかなえてあげたい』という話に感動してね、それでぜひ同席してほしい、と思ったんだ」

そんな大げさなことではなかったのだが、噂だけが独り歩きをしてしまったらしい。

あるいは、「親孝行」という言葉が社長の琴線《きんせん》に触《ふ》れたか。

どうしよう。こんな厚意《こうい》に甘えていいのか、という気持ちもある。断《ことわ》るのはかえって失礼なような。

それに、母にアフタヌーンティーをごちそうできるという機会を逃《のが》したくない。そして、凪子自身も興味がある。個人宅でのアフタヌーンティー――まさに貴族《きぞく》のお茶会ではないか。社長だし。

「どうですか？　いらしていただけますか？」

そんな……社長からそんな丁寧《ていねい》にお願い（ってわけじゃないけど）されたら、断れない……。

「はい……お願いします」

「よかった。じゃあ、ご招待なので、手ぶらで来てください」

「えっ、そんな、お支払《しはら》いしますよ！」

いくらなんでも母の分までなんて！

「他にもお客さんいるし、その方からもお金は取らないから、遠慮《えんりょ》せずに来て」

そう言われると何も言えなかった。甘えていいのだろうか……。

「特別なお茶会ですけど、気負《きお》わず来てください」

「特別」と言っといて「気負わず」って無理だろ！　と思うが、笑ってごまかすしかない。


というような経緯《けいい》があり――連休がやってきた。初日はお昼頃、東京駅へ迎えに行き、母と二人でスカイツリーの展望台《てんぼうだい》に上り、銀座《ぎんざ》で買い物と食事をした。母がおごってくれた（やはり行きたかった店らしい。レトロな洋食屋さんだ）。

連休前は、自室の掃除《そうじ》やふとん干《ほ》しなど大変だった。人が泊《と》まるのはいつ以来だろうか……。いつもこのくらい片づけておけば、いざという時焦《あせ》らないとわかってはいるが、母のようにマメな娘ではないのだ、ごめん……。

「きれいに片づいてるじゃない！」

部屋に入って母がそう言ってくれたからよしとしよう。

「おみやげいっぱい持ってきたよ！」

と嬉々《きき》として店みたいに並べる母。重い思いをして持ってこなくても、宅配便で送ってくればいいのに――と口に出しそうになるが、こうして渡したかったんだな、と思い直す。

「あー、久しぶりになぎちゃんと二人で寝られるなんて、うれしいなー」

　夜もはしゃいでいた。

「しかも明日はアフタヌーンティーでしょう？　もう遠足の前の日みたいだよー」

　わくわくが止まらないらしい。母には社長から話をもらった夜に連絡しておいたのだ。美食家《びしょくか》でも有名な社長だから、きっとおいしいはず（と部長が太鼓判《たいこばん》を押してくれた）。

　凪子は凪子で、もう緊張していた。

「社長さんのお宅にお邪魔《じゃま》するんでしょ？　手みやげとかはどうするの？」

　そうなのだ。どんな豪邸《ごうてい》なんだろうかとか、何着てけばいいのかとか、考えるだけでドキドキする。

「明日行きがけに買おうと思って――」

「そうだと思って、お母さん用意してきたよ」

　実家のある町の工房《こうぼう》が作っている、希少種《きしょうしゅ》のいちごを含めたベリー類やバラやルバーブのジャム、特産品の柑橘《かんきつ》のマーマレードなどの詰《つ》め合わせだった。また重いものを……。

「東京で買えるものは社長さんだったらみんな知ってると思って。ここの工房は最近できたところで、とても人気あるんだよ」

凪子用のおみやげを味見してみたら、確かにすごくおいしい。だから、あたしへのおみやげはいいのに。

とりあえず手みやげはこれでいい。あとは服だ。ド、ドレスアップしなきゃいけないものなの？

「お昼のお茶会だし、お呼ばれだから、普通のちょっときれいめな服でいいんだよ」

そう母に言われてもそれがないから困る。探して探して、クローゼットの中からようやくそれっぽいワンピースを引っ張り出した。母に小物を貸してもらい（なぜ持ってきてる？）、なんとか整えてもらう。

社長のお宅は、世田谷《せたがや》の閑静《かんせい》な住宅街――はっきり言えば高級住宅街にあった。予想はしていたが、さすがに周り全部豪邸だらけで、ちょっと圧倒《あっとう》される。駅から遠かったのだが、それは歩いて駅まで行く必要がないからなんだな、と気づく。

立派な門構《もんがま》えに気後《きおく》れしつつインターホンを押す。名前を名乗ると、門の鍵《かぎ》が開いた。

玄関《げんかん》まではすぐだったけれど、庭が広そうというのだけはわかる。木々の間から芝生も見える。

格式《かくしき》ある（はず。よくわからない）日本家屋《かおく》の前で立ち止まると、待っていたように玄関の引き戸が開く。

「どうぞ、お待ちしてました」

社長の奥さんかしら、と一瞬思ったが、慰労会とかで見た本物の奥さんと顔が違う、誰!?　娘さん!?　とテンパっていたら、

「ハウスキーパーの大園《おおぞの》です」

とあっさり言われて、力が抜ける。

「なぎちゃん、緊張しすぎ」

と母に小声で言われる。ビビリなんだもん、しょうがないよ……。

靴《くつ》を脱《ぬ》いでいると、社長がやってきた。

「やあやあおはよう。よく来てくれたね。今日は楽しんでいってください」

「あっ、お招《まね》きありがとうございます！」

裸足《はだし》のままお辞儀《じぎ》をしたりして。

「はじめまして、杉沢凪子の母でございます。いつもお世話になっております」

母も頭を下げる。

「どうぞ。お茶会は庭でやりますんで、準備が整うまでリビングでくつろいでいてください」

「ありがとうございます」

リビングに案内してもらうと、そこの窓からやはりとても美しい芝生の庭が。生け垣や植《う》えてある植物は和風《わふう》なのだが、きちんと手入れされた芝生の緑がまぶしい。今日は暑くも寒くもないちょうどいい気温で、風もほとんどない。

白いテーブルが三つ、もうセッティングされていた。パラソルも立ててある。それでも充分余裕《よゆう》があるくらい広い。ガーデンパーティーができるなー。

「日に当たりたいのでしたら、パラソルははずしますよ」

気持ちのいい天気なので、当たりたいところなのだが、やはり日焼けは気になる。まぶしいし。母は日に当たることに慣れているけれど、去年熱中症《ねっちゅうしょう》になったとも聞いているし。

「お気遣いのパラソル、ありがとうございます。これ、おみやげです」

母がジャムを差し出す。「手ぶらでいいって言ったのにー」と言いつつ、社長は顔をほころばせた。

「この工房、聞いたことありますよ！」

「えっ、ご存じなんですか⁉」

母は本当に驚《おどろ》いていた。

「いい食材使ってるって噂を友人から聞いてます。一度食べてみたかったんです」

「まあ、そうなんですか」

そのあとも二人は、ジャムに使われている果物《くだもの》や、地元にしか出回らない農作物やブランド肉、地産地消《ちさんちしょう》のレストランの話まで熱心にしていた。なんでそんなこと知ってるの？　美食家というのはお高いレストランでおいしいものばかり食べているという印《いん》象《しょう》だが、どうも社長は違うらしい。

「道の駅のソフトクリーム、あれ最高ですよね！」

「すごく安くて申《もう》し訳《わけ》ないくらいですよね」

そんな話までしている……。おいしいものならなんでも食べるし、値段は関係ないみたい。

そんな社長主催《しゅさい》のアフタヌーンティーに、味オンチのあたしがいていいの!? 味オンチっていうか、料理が下手なのだ。食べるのはいいんだけど、どうもうまく作れなくて……でも都会は、料理できない女に寛大《かんだい》な街《まち》……。実家の野菜は、素材《そざい》の味を生かした食べ方でも充分おいしい（焼いたり蒸《む》したり炒《いた》めたりして、ポン酢《ず》かけて食べる）。

「すみません、ご挨拶《あいさつ》が遅れまして」

社長の奥さんがリビングにやってきた。お支度が遅れてしまったと言う。おしゃれはしているが、けっこうカジュアルだった。よかった、なんとかバランス取れて。

「お母さまに親孝行なさりたいんですって？　偉《えら》いわ〜。今日は絶対においしいものが食べられるので、楽しみにしていてくださいね。あ、アレルギーとか苦手な食材とか、お二人はありますか？」

母も凪子も首を振る。

「じゃあ、ぶたぶたさんのメニューのまま行けますわね」

ぶたぶたさん？　誰？　お店の名前？

玄関の方が騒《さわ》がしい。三つテーブルがあるから、最後のお客さんが来たのかな？

四十代くらいのご夫婦がやってきた。

「お招きありがとうございます」

とてもうれしそうに言う。一見《いっけん》しただけではどんな人かはわからない。お招きの基《き》準《じゅん》というのはなんだろう。

「うちでのアフタヌーンティーは不定期《ふていき》なんですけど、なるべく初めての方をお招きすることにしているんですよ」

凪子と母の表情から察《さっ》したのか、奥さんが言う。

「なるべくぶたぶたさんのアフタヌーンティーをいろいろな方に味わってもらいたい、という主人の意向《いこう》で。今日は杉沢さんたちだけが初めてのお客さまですけど」

なるほど、「ぶたぶた」という店はそんなにおいしいんだ。全然知らない。調べた時にも出てこなかった。隠《かく》れ家《が》的な店なんだろうか。あ、菓子店とかではないのかもしれないな。

「あ、どうぞ、ぶたぶたさんのご挨拶まで、少し座ってらして」

すすめられたソファに座る。おおう……座り心地いい。

大園が、涼《すず》し気《げ》なグラスを持ってきた。社長はそれを配《くば》りながら、

「食前酒《しょくぜんしゅ》、と言いたいところですが、ここはぜひ、ぶたぶたさんが作ったコーディアルのソーダ割《わ》りをどうぞ。今日のお天気にはぴったりですね」

薄い金色のジュースは、甘くて、マスカットのような蜂蜜《はちみつ》のような香りがした。でも飲むとぶどうではないみたい。蜂蜜のジュースなのかな……。

そもそもコーディアルってなんだ、と思ったが、きっと母が訊くだろう、と高《たか》をくっていたら、何も言わない。知ってるの!?

そんな気持ちをこめて母を見ると、耳元で、

「果物とかハーブを砂糖《さとう》漬《づ》けしたシロップのことだよ」

と教えてくれた。

「これは多分、エルダーフラワーだね」

母よ、娘はそれもわからない……。

「さわやかですねー」

みんなそう口々に言っているので、他の人は知っていると思われる。知らないのはあたしだけか……。

でもおいしいからいいか。

「今日のお茶」というメニューが配られる。この中の紅茶やコーヒー、ジュースなどはすべて飲み放題だという。迷いながらも母と最初の一杯を決めた時、

「あ、ぶたぶたさん」

社長がリビングの入り口に声をかける。瓜子は振り向いたが、そこには誰もいなかった。なぜかバレーボール大くらいのぶたのぬいぐるみが置いてある。

日本家屋にもかかわらず、リビングはモダンな洋風で、ふかふかなカーペットが敷《し》いてある。そこに古ぼけてくすんだ桜色のぬいぐるみ。シュールな光景《こうけい》だ。

「……立ってる？」

母がつぶやく。ほんとだ、立っている。あんな不安定そうな足でどうやって？　後ろにスタンドがあるのかな？

と突然ぬいぐるみの身体《からだ》が二つにペコンと折れた。

「アフタヌーンティーにお越《こ》しいただき、ありがとうございます」

聞こえてきたのは、明らかに四十代くらいの中年《ちゅうねん》男性の声。どこから聞こえているの？　ぬいぐるみから聞こえているとしか思えないんだけど……。

「今日もお天気がよくてよかったです。浅尾さんのお庭でのアフタヌーンティーは本当

に絶品《ぜっぴん》ですので、みなさん、ぜひお楽しみください」

　突き出た鼻がもくもくと動いて、そんな言葉が聞こえる。大きな耳はぬいぐるみが動くたびにゆらゆら揺れる。点目の表情はまったく見えない。

「あ、ご挨拶が遅れました。わたしは今日のお菓子など作ります、山崎《やまざき》ぶたぶたと申します」

　ぬいぐるみはもう一度身体を折った。つまり、お辞儀ということ、か？

　パチパチと拍手《はくしゅ》が。あわてて凪子も周りに合わせるが、母は？　母はどんな顔をしてるの？

　とそっとうかがうと、母も呆然《ぼうぜん》としたまま拍手をしていた。凪子の視線に気づいたらしく、こっちを向く。

　そして、また耳元で言う。

「何これ、手品《てじな》？　すごいね」

　凪子もそうとしか思えなかった。さすが社長、こんなサプライズまであるとは。

「お飲み物を飲み終わりましたら、お庭にどうぞ。準備はもう整っていますので」

　ぬいぐるみが言う。そう思っておこう。何らかの演出《えんしゅつ》で、あのぬいぐるみがしゃべっているとこちらに見せているのだ。どうやっているのかはわからないけど。

「ぶたぶたさん、このエルダーフラワーコーディアル、いつもと味がちょっと違いますね」

社長が話しかける。これもアトラクションの一環《いっかん》？

「早咲きのをいただいたので、できたてなんですよ」

「そうなんですか。道理《どうり》で香りがフレッシュだ」

「急いで作った割には、香りが強く出てますよね」

特に何かイリュージョンも起こらず、社長はぬいぐるみとすごく普通の会話をしている。もう一組のゲスト夫妻もぬいぐるみと話し始めた。

「お久しぶりです、ぶたぶたさん」

「あ、中丸《なかまる》さん、こちらこそご無沙汰《ぶさた》してます」

「スコーンを楽しみに来ました」

「ありがとうございます。お口に合うといいんですが」

凪子と母は顔を合わせる。母は不安そうな顔をしていた。きっと自分も同じ顔をしている。

『あれ？　まさか手品じゃない？』

でも、社長は説明しないし――と思ったら、

「杉沢さん、こちらぶたぶたさん。ぶたぶたさん、こちらがお話しした杉沢さんとお母さん」

と浅尾が陽気《ようき》に紹介を始める。ぬいぐるみが凪子と母の足元にトコトコと歩いてきた。どこからも糸が出ていない。自立《じりつ》している。そして、またお辞儀をした。

「はじめまして、山崎ぶたぶたです。驚かれたでしょうが、今日はたくさんおいしいものをご用意していますので、浅尾さんのお庭とともに楽しんでいってくださいね」

驚かれた、と言われて、凪子は戸惑《とまど》う。これ、現実？

母を見ると、やはり絶句《ぜっく》したような顔をしていたが、

「ありがとうございます。アフタヌーンティーには不慣れなので、粗相《そそう》のないようにします」

なんとすぐにそう言い、頭を下げた。凪子もあわててそれにならう。「よろしくお願いします……」ってこの場では変だったかな……。

「粗相なんて気にしないでくださいね」

ぬいぐるみの声は優《やさ》しかった。母にそんなふうに話しかけてくれると、なんだかうれしい。

「ではどうぞ、庭の方へ」

社長の合図《あいず》で、みんながリビングのフランス窓へ向かう。

玄関で脱いだはずの靴が置いてあって恐縮《きようしゆく》しながら履《は》いていると、母が小さくつぶやく。

「びっくりした〜……」

凪子は、

「あたしも……」

そう返すのが精《せい》いっぱいだった。

テーブルに案内される。山崎ぶたぶたというぬいぐるみの先導《せんどう》によって。

「今、ご用意してまいりますので、少しお待ちください」

そう言って（もうそういうふうにしか見えなくなった）、ぶたぶたは庭の奥に去っていく。次に出てくる時もぬいぐるみなの？　と妙《みよう》なところが不安になる。

社長がなぜ凪子に説明しなかったのかが気になるが、「パティシエがぬいぐるみだから」と言われたところで、「はい、そうですか」と納得《なっとく》できたかどうかは……いや、多分本気にしないはず……せいぜい童話《どうわ》とかファンタジーな雰囲気のお茶会かな、『不思議の国のアリス』っぽいのかな、とかしかきっと考えなかったな。

でも彼は、「特別なお茶会」とは言っていたのだ。こういう意味での「特別」とはこっちが思わなかっただけ。とはいえ、社長にはどう言えばいいのかはわからない（文句《もんく》なんて絶対に言えないし）。

目にしないとわからないことって、絶対にあるんだな、と実感した。

ガチガチになりながら、テーブルの周囲を見回す。社長夫妻、もう一組のお客さんである中丸夫妻、そしてうちら母子。いつのまにか真ん中なんだけど、いいの？　この位置でいいの？　と言っても端《はし》っこにしてもらうわけにもいかず……。

テーブルの上には紅茶のカップと皿と、美しく畳《たた》まれたナプキンが置かれている。それを見てまた緊張する。

「座ったらすぐにナプキンを膝《ひざ》にかけた方がいいみたいよ」

と母が言う。

「そうなの？」

いつもどのタイミングで広げたらいいのかわかっていなかった。

「アフタヌーンティーの本読んだら、そう書いてあった」

「そうなんだ……」

ナプキンを広げながらさっきのことを話そうとしたけれど、風が花の香りを運んできて、つい忘れてしまう。

シチュエーションは最高だった。空は雲一つないし、風は穏《おだ》やかだし、暑くもなく寒くもない気温だし、ほどよく乾《かわ》いている。花もたくさん咲いている。静かで、車の音もしない。あまりの気持ちよさに、思わずうっとりしてしまう。

その時、ぶたぶたがお茶を運んできたのだ。

母がすでに立ち直っているのは、その時の行動でわかった。

「あんな小さいのにポット運ぶなんて無理でしょ」

とあとで言っていたが、なぜかぬいぐるみなのに大丈夫だった。

凪子は、本当にどこかに迷い込んだみたいな気分だった。だいたい社長の家ってところがすでに異世界《いせかい》だ。何か結界《けっかい》でも張ってていないか？　入ってはいけないところに足を踏み入れていないか？

「そろそろ紅茶飲もう」

母の声にはっとする。凪子もあわててカップを手に取る。

母はダージリンのファーストフラッシュ、凪子はアッサム。ミルクティー向きって言われた。好きなのだ、ミルクティー。

「なぎちゃん、この紅茶の色、薄い」

母が不安げな声を出す。ほんとだ。凪子のは普通の紅茶の色合いだが、母のは黄色っぽい――いや、この表現はひどくない？　金色――そう、金色って言うのだ。

「あ、でも、飲むとちゃんと味がある。紅茶だ」

「え、飲ませて？」

母のと飲み比べをする。あ、このダージリン、すごく香りがいい。さっきのコーディアルとやらもマスカットみたいな香りがしたが、これも似ている。でも味はもちろん全然違う。清涼感《せいりょうかん》のある渋《しぶ》みというのだろうか。

「なぎちゃんのは飲みやすくておいしい」

うん、安心できる味だ。そう憶えておこう、アッサム。

ってやってきた。

などと紅茶を飲んでいたら、今度はワゴンにアフタヌーンティースタンドが載

うわー、ネットで調べた時に見たやつだ！　お皿が三段載っている。

大園はまさに鳥かごのように持ってテーブルに置くが、ぶたぶたは下から慎重《しんちょう》に支《ささ》えるようにして持つ。見ていてハラハラする。だって、お皿は載っけてあるだけで、固《こ》定《てい》されてないんだよ！

しかし落とすこともなく、スタンドは母と瓜子の前に置かれた。ほっとしてしまう。なんとサスペンスな。

スタンドがテーブルに行き渡り、スコーン用のクロテッドクリームといちごジャムが山盛《やまも》り盛られた器《うつわ》も置かれたところで、ぶたぶたがお菓子の説明を始めた。

「今日は伝統的なケーキやサンドイッチでまとめてみました。まずは下段はサンドイッチです。手前がきゅうりとシソのサンドイッチで、パンにはバターとクリームチーズを塗《ぬ》ってあります。真ん中はローストビーフのサンドイッチで、黒胡椒《くろこしょう》の効《き》いた西洋《せいよう》わさびとマヨネーズのペーストです。奥のがサーモンのサンドイッチで、マスタードがアクセントになっています。

中段はスコーンです。今日は小ぶりのものにして、プレーンとアールグレイといちじくにしました。たっぷりクロテッドクリームといちごジャムをつけて召し上がってください。

上段はお菓子になります。今日はチョコとバニラのバッテンバーグケーキ、バノフィーパイ、ミニパヴロヴァです。

下の段から食べるのが一応のルールですが、気にせず好きなように召し上がってください」

そう言われて、凪子はさっそくきゅうりのサンドイッチを手に取る。そりゃしょっぱいものから食べて、甘いものをデザートに、というのは王道《おうどう》でしょう?

「いただきまーす——」

母を見ると、何か悩《なや》んでいるようだった。

「どうしたの?」

「いや、好きなように食べていいって言われたけど、サンドイッチをあとにするのはさすがにはしたないかなって……」

そうだった。母はしょっぱいもので締《し》めたい人なのだ。

「いいんですよ」

ワゴンに載ったぶたぶたがひょこっと顔を出す。「わーっ！」と叫《さけ》びそうになるわ、サンドイッチが詰まりそうになるわで内心修羅場《しゅらば》だったが、なんとか我慢《がまん》した。

「どう召し上がっても、いいんですよ」

「……ぶたぶたさんなら、どう召し上がるんですか？」

母ったら、下の名前で呼ぶなんて大胆《だいたん》！　社長が「ぶたぶたさん」と呼んでいるのを聞いて、「いいな」と思ったのか。あたしもちょっと思ったけど。

「ルールにとらわれず気軽に食べられる今日のような会でしたら、すべて味見をしてから、食べる順番を決めます」

「好きなものを先に食べるかあとに食べるかっていうのがありますけど――」

「先に半分食べます」

そして、どれで締めるかを決める、ということか。すごく……食いしんぼうの考え方に聞こえる。食いしんぼう……ぬいぐるみが⁉

「ぶたぶたさんもケーキ召し上がるんですか？」

凪子と同じことを考えたらしい母の質問は、微妙《びみょう》に失礼なようにも感じたが、よほど驚いているのだろう。

「食べますよ。味見できないと、店にも出せませんからね」

「えっ、お店!?」

「あ、どうぞ食べてください」

食べながらぶたぶたと会話をする。きゅうりのサンドイッチおいしい。シソとチーズ、合う。

「お店なさってるんですか?」

母は食べながら会話をするのが上手だ。凪子はけっこう黙《だま》りこくって食べてしまう。母が食べてしゃべっているのを聞いて笑う、というのがいつものことなのだ。

「はい、最近開いたばかりなんですが」

店の名前「コーディアル」を頭に刻《きざ》み込む。お店のある街の名前も。今度行こう。さっきのコーディアルもおいしかったし。「ぶたぶた」が店名ではなかったんだな。

「どんなお店なんですか?」

「主にイギリス菓子を提供する小さなカフェです」

ローストビーフのサンドイッチもサーモンのサンドイッチもおいしい。サーモン、とても新鮮《しんせん》だ。ローストビーフも柔《やわ》らかい。

母とぶたぶたの会話に触発《しょくはつ》されて、サンドイッチを半分残してスコーンに手をつけてしまう。取り皿にクリームとジャムを取り、プレーンのスコーンに山盛り載せて食べる。こんなにたくさん載っけて食べるのって、あこがれだったー。

母もいつのまにかアールグレイのスコーンを食べている。いちじくもおいしそう。ゴロゴロ入っているな。

「いちごジャム、おいしいですね」

「ありがとうございます。ジャムもクロテッドクリームも手作りですよ」

「え、クロテッドクリームって作れるんですか？」

「ええ、けっこう簡単《かんたん》です」

ぶたぶたのクロテッドクリームのレシピを聞いて、メモる母。

「今度やってみます」

凪子はパヴロヴァを食べていた。食べたことのないお菓子だった。小さなメレンゲの台の上に、フレッシュな果物がたっぷり載っている。ほろほろ崩れそうなので、慎重に切って口に入れると、メレンゲと果物がサクサクと溶けていく。クセになりそうな食感だった。甘みと酸《す》っぱさのバランスも絶妙《ぜつみょう》だ。

英国とドイツ二つの王室の縁組《えんぐみ》を祝《いわ》って考案《こうあん》されたというバッテンバーグケーキは、バニラとチョコのチェッカー柄だった。ふわふわの生地《きじ》が甘めのマジパンに包まれている。食べるのがもったいないくらいかわいい。小さなサイズのバノフィーパイは、トフィーとバナナのパイだ。トフィーが香《こう》ばしくバナナと溶《と》け合っていて、ひと口で食べてしまったことを後悔《こうかい》するくらいおいしかった。

「紅茶のおかわりはいかがですか？」

話したり食べたりしているうちに、紅茶はすっかりなくなっていた。

「じゃあ、わたしはこのウバって紅茶をいただきます」

母はぶたぶたおすすめの紅茶を。凪子は「ちょっとクセがありますよ」と言われたラプサンスーチョンという中国の紅茶に挑戦《ちょうせん》してみよう、と思った。全然知らないから、飲んでみたい。

「わかりました、お持ちしますね」

お菓子もサンドイッチもおいしくて、おしゃべりも楽しいし、なんだか幸せな気分だ……。って、あたしはほとんどぶたぶたと母の会話を聞いていただけなんだけど。

それでも、母が楽しそうだからいいかという気分になる。親孝行ってどうすればいいのかわからなかったけど、こういうのでもいいのかな。

ぶたぶたは紅茶を運んでくると、他のテーブルに行ってしまった。そうだよね。他のお客さんだって、ぶたぶたと話したいよね。

「はー、なんてすてきなアフタヌーンティーなの」

と母が感慨深《かんがいぶか》げに言う。

「あたし、これが初めてのアフタヌーンティーなんだよ。ハードル上がっちゃうな〜」

他のところでは、ぶたぶたがいないし。

「なぎちゃんと東京でアフタヌーンティーがしたいって、もしかしてお父さんが言った？」

「あ、バレてた？」

積極的に隠してもいなかったけれど。うちは嘘《うそ》が苦手な家系《かけい》なのだ。

「無理そうだったし、できてもこんないいところでできるなんて、思ってもみなかったよ」

そう言われても、このセッティングは社長だしなあ。

「なぎちゃんの人徳《じんとく》よね、きっと」

「そんなことないよ」

人徳なんて、ない。

「でも、別になぎちゃんは『親孝行したい』って会社で言ったわけじゃないでしょ?」

「うん、そういう言い方じゃなくて、『アフタヌーンティーできるところ探してる』ってだけ。『なんで?』って訊かれた時だけ、『お母さんを連れてくから』って言ったの」

「それが社長さんにまで行ったってことは、なぎちゃんを助けてあげようと思った人がいたからよ。それは社長さんも同じ。だから、こうやって招待してくれたんだよ」

そう言われて、凪子は返事ができなかった。噂になって大ごとになったな、自分の言い方が悪かったのかな、としか思えなかった。探すスキルのない自分が情《なさ》けないと考えていた。

「なぎちゃんが頼《たよ》れる人がいて、助けてくれる人もいて、お母さん、安心したよ」

そう言って、母は紅茶を飲んだ。

「あら、これもおいしい。なぎちゃんの紅茶は?」

はっとして飲んでみる。

「すごい――」

スモーキーな香りが鼻を抜けていく。紅茶なの、これ？　びっくりした。

母も飲んで驚く。

「でも、ケーキにとっても合うわ」

他の紅茶より、口の中がさっぱりするように感じる。どの紅茶を飲んでも合うように、ぶたぶたが選んでいるんだろうか。

すごいな。

「ぶたぶたさんのお店に行きたいな」

「お母さんも行きたい！」

でも、母は明日帰ってしまうのだ。それを思い出すと、ちょっと悲しくなった。こんな気持ちになるのは、久しぶりだった。

「また東京に来るよ。楽しみが増えた」

そう言われて、初めて母と同じ店に行ける、と気づいた。一緒にそこへ行くのが楽しみになれる店――それが、ぶたぶたのいるコーディアル。

このささやかな共通点が、いつまでも続くといいな、と凪子は思った。

知らないケーキ

その店は、線路《せんろ》沿《ぞ》いの細い路地《ろじ》にあった。

駅裏なのだが、商店などが他にあるわけではないので、基本的にそこに住んでいる人しか通らない道だ。いつもはそこへ入る角を通り過ぎるだけだったが、その日はなぜか、

『あ、たまにはここを通ってみようかな』

と思った。行き止まりではないはずだし、ごく普通にあちら側へ出るだけ――と歩いていたら、店を発見した。遊佐和晴《ゆさかずはる》は駅の反対側に住んでいて、そちらにはとても大きくて有名な商店街がある。下町《したまち》のにぎやかな街として知られているが、ここだけ妙にひっそりしている。

白いかわいらしい外観は、素朴《そぼく》な手作り感があった。両隣は、駅の真裏にしては信じられないことに空き地《あきち》で、その店の敷地自体はとても小さかった。

店の扉《とびら》は開け放たれていて、誰もいないとわかる。なんの店だろう？　店名は――「コーディアル」と小さな黒板に書かれて窓辺《まどべ》にぶら下がっているが、どういう意味か

よくわからない。でもなんとなくだが、外観や飾ってある花、カーテンや小物《こもの》、店先のおままごとみたいなテーブルセットからして、今どきの女の子が好みそうなカフェだというのはわかる。しかし、その開けっぴろげさはカフェというより大掃除の時みたいな雰囲気すら漂う。なんだか無防備《むぼうび》というか……。

さりげなくのぞいてみると、カウンターの上には皿に載ったケーキが置いてあった。イチゴやクリームなどが載っていない、カステラみたいなケーキだ。

その飾り気のなさに、和晴は惹《ひ》かれた。甘いものは好きだ。酒はあまり飲めないし、家では飲まない。そのかわり、二人の娘が買ってきてくれるケーキや和菓子などを一緒に楽しむ。自分でもたまにみやげに買う。でも、一人では食べない。ましてや、店で一人でなんて、経験がなかった。

「これからはもっとゆっくりすればいいよ」

と最近、独立《どくりつ》した娘たちに言われたことを思い出す。ゆっくりってなんだろう、とここ数日考えている。

「のんびり散歩とかしてみたら？」

そう言われたこともここに来たきっかけになっているだろうか？

「おいしいお茶でも飲んでみたら？」

そうも言われて、家や職場で試《ため》してみたが、なぜかサボっているみたいな気分になってしまう。慣れていなくて落ち着かないのだ。自動販売機で買った缶《かん》コーヒーとかだからいけないのかもしれない。こういうお店で丁寧にいれてもらうと気分も変わるだろう。

こういうお店――いや、こんなかわいい店ではなく、もっと無骨《ぶこつ》というか、そっけないところの方が、自分には合っている気がする。だって、もう六十近いのだ。じいさんは、じいさんに似合う場所へ行くべきではないのか？　おそらくこういう店の店主は若い女性で、客もきっといい、いんすたばえとかいうものを求める若い女性に違いない。もちろん禁煙《きんえん》だ。いや、自分も吸《す》わないけど。

つまり、入ってみたいけどとても気後《きおく》れしている、ということなのだが、なかなか認められない。

店の前に立ち止まってしばらく迷っていると、突然声がした。

「いらっしゃいませ！　どうぞお入りください」

男性の声だった。しかも、自分よりちょっと若いくらいの中年の声。おじさんの声だ。

店の中にはやはり誰もいない。

「どうぞー」

声がだいぶ下の方から聞こえる。なんだろう、床《ゆか》でも修理《しゅうり》しているのかな——と何《なに》気《げ》なく視線を向けると、店の入り口に立っているぬいぐるみと目が合った。

薄いピンク色のぶたのぬいぐるみだった。ビーズの点目で、大きさはバレーボールくらい。突き出た鼻に大きな耳。右側がそっくり返っている。

店のたたずまいには合っていた。とてもファンシーだ。しかし、

「カウンターしかありませんけど」

ぬいぐるみの鼻先が、もくもくっと動いたら、こんな中年男の声がする。

通ったことのない道に行ってみたらば、こんな……ことに遭遇《そうぐう》するとは。こんな……なんだろうか、どう表現したらいいのだろう、この出来事を。

現実とはとても信じられない。

「お茶とかコーヒー、飲んでいきませんか?」

そういえば長女が小さい頃、『不思議の国のアリス』が好きで、毎晩読んだな。特にお茶会のシーン。けど、あれは今考えると、めちゃくちゃな話で——こういう小動物《しょうどうぶつ》系《けい》のものが出てきた憶えがある。ティーポットに詰め込めるくらいの大きさのものが。

それはそれとして、なんと答えればいいのか。内心、だいぶ混乱していた。無視して帰ってしまってもいいのだろうが、ふと、『不思議の国のアリス』の主人公アリスは、動物たちからわけのわからないことを言われても（比較的）丁寧に応じようとしていたことを思い出す。だから、

「いや、こんなおじさんが入るような店じゃないでしょうから……」

と答えてみた。「おじさん」と言ったのは、ちょっとした見栄《みえ》だ。

「いえいえいえ、それならわたしもおじさんですし！」

ぬいぐるみの背丈《せたけ》のまま言われても、説得力《せっとくりょく》ない。声は確かにおじさんだが。

いや、ますます物語の世界だな、と思う。

が、それに則《そく》した受け答えがうまくできるほど、和晴に順応性《じゅんのうせい》はない。

「やっぱり女性向けのお店なんでしょ？」

「あ、このたたずまいはほぼ居抜《いぬ》きなんです。ちょっと色を塗り直したりはしましたが、ほとんど変わってません」

居抜き——ファンシーでファンタジーな状況にこれほど似つかわしくない言葉があるだろうか。

「……元々お店があったんですか？」

「はい。ワッフルのお店だったらしいです」

食べたことはある。ここでじゃないけど。なんか、格子柄《こうしがら》に焼いたお菓子。

「実は今日、オープンしたんです。ついさっき！　入っていただけたら、初のお客さまになります！」

けなげな点目でそんなことを言う。オープンしたばかりか。それじゃ素通《すどお》りできないな。仕事でもなんでも、何かを新しく始めた人が不安を持たないはずがない。一人でも知ってもらったり、助けてもらえれば、それだけでその不安は減るって和晴はわかっているのだ。

「じゃあ、お邪魔します」

とりあえず、そう言うしかないだろう。

「ありがとうございます！」

ぬいぐるみはいそいそと先に立って案内してくれる。と言っても、二、三歩歩いたらもう席なのだが。

「お好きな席にどうぞ」

カウンター席の奥に座る。ぬいぐるみは、席に囲《かこ》われた厨房《ちゅうぼう》に入り込む。調理台に沿って台が造りつけてあるらしく、そこに乗って後ろを指さした。指じゃなくてひづめみたいな手で、だけど。先に濃いピンク色の布が張ってある。いかにもぬいぐるみっぽい。さっき見えたしっぽも、結び目ができていたし。

「メニューは後ろの黒板に書いてあります。まだオープンしたてでメニュー少ないですけど」

飲み物はコーヒー、カフェオレ、紅茶など。ジュースもあるようだが、エルダーフラワーって何だろう？

おしゃれなパフェとか呪文《じゅもん》みたいな名前のデザートはない。食べ物はケーキやプリンの他、スコーンなどがある。甘いものが主らしい。

「ええと……おすすめはなんですか？」

「そうですね――今日はスコーンとケーキが、特にこのヴィクトリアサンドイッチケーキがおすすめです」

ぬいぐるみが指――ひづめで指《さ》した先に、さっき垣間《かいま》見《み》たシンプルなケーキがあった。

「すごい名前のケーキですね」

「言われてみればそうですね、女王《じょおう》さまのために作られたケーキだそうですし」

「イギリスのヴィクトリア女王ですか？」

「そうです」

「へー」

そんな名前のケーキがあるなんて、初めて知った。ケーキやお菓子の名前はなかなか憶えられない。やはり長い呪文のようなものも多いし。ショートケーキとかモンブランだとさすがにわかるが。娘たちはよく憶えられるなあ、といつも感心している。

「じゃあ、それを」

見て惹かれたものだし、食べてみたい。女王のためのケーキなんて、なんだか自分が偉くなったようにも思えそうだ。

「飲み物はどういたしましょう？」

「おすすめはなんですか？」

「やはり紅茶でしょうかね。アイスティーもできますけど、それはとりあえず一種類にしています。温かい紅茶だといろいろ種類が選べますよ」

紅茶に種類があることは知っているし、娘たちはそれにこだわることもあるが、和晴は気にしたことがない。

「おまかせしますよ」

ぬいぐるみだけど、いいものを選んでくれそうな気がする。声だけでそう判断した。

「じゃあ、うちのブレンドで」

「ブレンド？　コーヒー？」

「あっ、コーヒーもハウスブレンドありますよ。それと同じ感覚で紅茶のブレンドも作ったんです」

だいぶこだわっているようだな。

「紅茶で……とにかくおまかせします」

「はい。ではヴィクトリアサンドイッチケーキと紅茶のコーディアルブレンドですね。少々お待ちください」

注文が終わると、ぬいぐるみはカウンター内に入り、はしごのような手すりのようなものを使いながら上下に動いて皿を出し、台の下に潜《もぐ》り込んで何やら取り出したりして、手早く準備をしている。大きな耳や結ばっているしっぽがゆらゆら揺れる。

しゅんしゅんとお湯が沸《わ》き、柔らかい手先は紅茶を量《はか》ってポットに入れている。動作自体はごく普通だが、それをぬいぐるみがやっているのだ。不思議でなくてなんだろう。

ほどなくして和晴の前に、白いシンプルな皿に載せられたケーキと、ポットたっぷりの紅茶が並べられる。

「こんなに⁉」

三杯分くらいありそうだが……。

「ゆっくり召し上がっていってください」

ぬいぐるみがにっこり笑った気がした。

三角形に切られたヴィクトリアサンドイッチケーキは、茶色いスポンジの間に白いクリームがはさまっていた。なるほど、上には粉砂糖くらいしかかかっていないが、ちょっと工夫してあるということか。

和晴は紅茶をカップに注ぎ、

「いただきます」

小声で言って、フォークを取る。

ザクッとした感触にちょっと驚く。家で食べるケーキは、ふわっとしたものが多いので。ほろっと崩《くず》れそうな生地を口に入れると、甘く溶けた。

そう、甘い。かなり甘いと感じた。そして、いちごの風味も広がる。間にはさまっているのはクリームだけじゃなく、いちごの何かも――多分ジャムがはさんであるようだった。

無意識に紅茶を手に取り、ぐっと飲む。熱くてちょっとやけどしそうだったが、すっと口の中の甘さが洗い流される。

「あれ？」

驚きの声を思わずあげてしまう。何この紅茶、すごくうまいんだけど。ぐいぐいと飲んでしまう。

そしてまたケーキを一口。紅茶をぐびぐび飲む。渋みもあるが、なんだろうか、草っぽい香りというか――でもそれとケーキの素朴な風味が合うというか……よくわからないんだけど、このケーキにこの紅茶はぴったりなんだ、としか思えない。ケーキを食べると紅茶が飲みたくなるし、紅茶を飲むとケーキが食べたくなる。そんな組み合わせだ。

こんなふうに紅茶というか、お茶を飲むことなんて、今までなかった。味なんて気にしたことない。それぞれなんとなく選択して飲んでいただけだ。洋菓子には紅茶、和菓子には緑茶、食事には烏龍茶《ウーロンちゃ》――そういうのもすべてなんとなくだったと気づいた。

いや、もちろんそれもいい組み合わせではあるけれど、お茶の味わいまで考えて変えたりすることはなかった。今までもったいなかっただろうか。でも、いきなりはできない……。

「いかがですか？」

そんな問いかけに、和晴はハッと顔を上げる。ぬいぐるみが心配そうな点目でこっちを見つめていた。そうだった。自分はこの店の初めての客なのだ。

「おいしいですよ」

考え込みながらむっつり食べていたはずだ。表情だけではうまいもまずいもわかりにくい顔だったろう。

「ほんとですか⁉」

「本当です。間にはさまっているのはいちごジャムですか？」

「そうです。いちごジャムとバタークリームアイシングを塗ってます」

おー、アイシングってなんだかわからない単語が出てきたが、バタークリームならわかる。

「バタークリームってなつかしいですね」

「ああ、昔のケーキはバタークリームのものが多かったですね」

っていくつだかわからないぬいぐるみが、本当になつかしそうに言う。

「昔のバタークリームってあんまりおいしくなかったっていう印象なんですが、このクリームはおいしいです」

「作りたてですし、言いにくいですけど、砂糖とバターたっぷりですんで、まずいわけないんですよ」

その申し訳なさそうな声音《こわね》に、和晴は思わず笑い声をあげた。こう言ってはなんだが、身体に悪いものっておいしいからなあ。

「そうですね、バターと砂糖が嫌いじゃない限り、うまいはずです」

「うちのケーキは割と甘めなんですけど、それはいかがですか？」

「あんまり甘いのは普段食べないんですけど、紅茶がすごくおいしくて、どんどん進んでしまうのはこのケーキのせいなのかなって思いました」

「英国のお菓子はやっぱり、紅茶のためのものなんだなって思うんですよ」

楽しそうにぬいぐるみは言う。

「甘さもね、日本人向けに少し控《ひか》えてはいるんですが、紅茶をおいしく飲めるくらいにはしたいんです。じゃないとわたしが作ってて楽しくないので——」

今度はなんだかしょげているように見える。

「いや、僕はすごく気に入りましたよ」

ここのケーキには、すごく手作り感がある。工場などで作っているものでなければ、どんなケーキも手作りなのだけれども、そういう意識を持ったことはなかったな。誰かに作ってもらった、なんて思ったことがなかった。手作りのお菓子といえば、娘たちが中高生の頃に作ったバレンタインデー用のチョコレートくらい。自分で作るという発想はなかった。食事作りで精一杯だった。買ってきた方がおいしいし。

手作り感というとちょっと違うかもしれない。今食べたケーキは、ぬいぐるみが「楽しく」作ったのだろう。そんな気持ちが込められているように感じた。

「なんかいいですね、このお店」

そんな言葉がするりと出た。

「ありがとうございます！」

ぬいぐるみの点目が一回り大きくなったように見えた。多分錯覚《さっかく》だけど。

和晴がケーキを食べ終わり、紅茶を飲み終わっても店には人が来なかった。ちょっと切《せつ》なかったが、静かなのはとてもいい。こういうのが「のんびり」と言うのだろうか。かなり長い間、こんな時間は過ごしていなかったように思う。

音楽も流れていないし、外からの雑音《ざつおん》もほとんどない。駅の裏なので、電車の音や駅のアナウンスなどは聞こえるが、そんなにうるさいわけではない。

こんな状況でお茶を飲むなんて、普通は緊張しそうだな、と和晴は考える。とにかく客が自分だけというのはプレッシャーだ。でも——店員がぬいぐるみだからだろうか。一人というのが文字通り「一人」に思える。緊張感がないのだ。不思議の国に迷い込んだようなファンタジックかつファンシーな空間にも緊張しそうだが、電車や駅の音が適《てき》度《ど》に現実へ戻してくれる。

家にいるのとも違う。家ではこんなふうにお茶を飲まないし、飲めない。いろいろやることもあるし。

言ってみれば、見知らぬ土地の道端《みちばた》でひと休みをしているような気分？　外ではないが、窓からの風も入ってくるし、開放感がある。

お茶をゆっくり飲むって、こういうことかも、と和晴は思った。歩き疲《つか》れたら、休まないとそれ以上は進めない。そんな感じなのかもしれない。

「ごちそうさまでした」

一人の時間を堪能《たんのう》して、和晴は立ち上がる。誰か来るまでねばろうか、とも考えたが、そんなヒマでもないのだ。

「ありがとうございました」

料金を払う時、より現実へ戻るのを感じた。思ったよりも安かったが、和晴は基本、倹約家《けんやくか》なのだ。特に一人での贅沢《ぜいたく》には躊躇《ちゅうちょ》してしまう。娘たちのためならためらわないが。

今日は、開店したてで誰も客がいないぬいぐるみに同情しただけだ。次いつここに来る気になるかは定《さだ》かではない。ここでならやりつけていない「のんびり」「ゆっくり」と過ごすこともできるかもしれないが……それもやはり自分にとっては贅沢なことではある。

和晴が店を出て、角を曲がるまでぬいぐるみは見送ってくれた。小さくて、背景に溶け込んで、あそこの店に本当にぬいぐるみがいたのか、とつい疑ってしまうくらいだった。

家へ帰る前に買い物をすませる。土曜日は買い出しの日と決めている。いつもならまっすぐスーパーへ行くのだが、今日はなぜかあの角を曲がってしまったのだ。

昼食はいらないな、と思う。ケーキはけっこう大きかった。紅茶もたくさん飲んだ。軽い食事程度には腹がふくれている。

午後はあれをしてこれをして、と頭の中で計画を立てていると、電話が鳴った。家の固定電話にかかってくるのは、最近では珍しい。娘たちも携帯電話にかけてくるし、セールスが多いので、留守電《るすでん》にしている。

機械音声が流れたあと、切られるかと思ったが、しばしの沈黙のあと、思いがけない声が流れてきた。

「和晴か？　お父さんだ」

時間が止まった。いや、一気に戻った、と言うべきか。

「話したいことがあるんだ……」

何を、と思ったが、結局、

「また電話する」

と電話は切れた。

とっさに出ることもできなかった。出たところで何も言えなかったろうが。あるいは、出てわざわざ受話器を叩き切るくらいしかやれることは思いつかない。携帯ではそれはできないし。

この家の固定電話は、母から受け継いだものだ。番号もずっと変わっていない。引っ越しなどしても近距離だったので、変わることがなかったのだ。

電話番号は父も確かに知っているはずではあった。でも、今まで一度もかけてきたことはなかったのに。家を出て和晴と母を捨ててから、五十年近く一度も。

真っ先に考えたのは、「面倒《めんどう》をみてほしい」という要求だった。頼まれてもそんなことはしないつもりだ。妻の両親にはすごく世話になったし、本当の息子のように接してくれたから介護《かいご》をした。顔も憶えていない男の面倒などごめんだ。

そのあとは一日電話を気にしながら過ごしてしまったように思う。せっかくいい一日になりそうだったのに、ほとんど何もできず、台無し《だいな》しになった気分だった。夜に長女から電話があったが（携帯に）、それでも気分はよくならなかった。

寝つくまでも時間がかかった。昔のことを思い出すというより、ごぼごぼと湧《わ》いて出てきたのだ。

昼間電話してきた父親は、和晴が小学生の頃にいなくなった。女に走ったらしい、というのは、漏《も》れ聞こえた噂だ。母は何も細かいことは話さなかったが。

そのまま母子家庭《ぼしかてい》で、母は仕事を掛け持ちして、大学まで出してくれた。自分もバイトをして家計を助けた。

母は和晴が結婚して、初孫《はつまご》が生まれてまもなく、安心したのか亡くなってしまった。苦労した一生だったが、最期に「幸せだ」と言ってくれたので、少しは恩返しできただろうか、と思っている。

だがそこで苦労は終わらなかった。娘を二人産《う》んだ妻が、若くして病気で亡くなってしまったのだ。仕事をしながら、娘たちの世話に明け暮れる毎日。妻の両親の手助けもあったが、年を取るにつれて彼らの介護も和晴の肩にかかってくる。

妻のきょうだいもおらず、どちらの親戚《しんせき》の縁《えん》も薄かったが、友人、会社の同僚《どうりょう》、近隣《きんりん》の人たちの手助けと行政《ぎょうせい》サービスを目一杯利用して、妻の両親を看取《みと》り、娘たちも無事に成人した。

無我夢中《むがむちゅう》で働き、家事をやり、娘たちを育てていたら、いつのまにか六十歳近くになっていた。

「これからはもっとゆっくりすればいいよ」

と娘たちは言うが、先行きのことを考えると不安だ。何より娘たちの負担《ふたん》を減らさねば、と思う。これからの方がずっと大変な時代になりそうだから。

だいたい「ゆっくりする」というのが性《しょう》に合わない。時間があれば少しでも掃除をしたり、娘の宿題を見てやったり、常備菜《じょうびさい》を作ったり、持ち帰りの仕事をしたりで、手が止まることがない。この性分《しょうぶん》は、そういう母を見ていたからこそのものだ。厳しく仕込んでくれた母に感謝している。とはいえ、すべてちゃんとできたか、といえば、そうでもないのだが。手抜きでもちゃんと育った娘たちと、そういう子たちを生んでくれた妻に感謝というところか。

娘たちの学費は思いの外《ほか》高かった。老後の資金をこれから貯《た》めねば、と思っている。まだなんとかなるだろうか。病気にならないように、と祈《いの》るしかない。小さくて古いけれど、持ち家があるだけいいだろうか――。

父の電話は、そんな不安もあるがささやかな幸せに、水を差した。なんだかくやしくてたまらない。たった一本の電話でこんなに動揺《どうよう》する自分が情けなかった。

もちろん誰にも言えない。娘たちになどもってのほかだ。一度も会ったことがないのだから、祖父とはいえ赤の他人に過ぎない。友人に話したとしても結論は出ている。古い留守番電話には番号を表示する機能《きのう》もないので、どうにもできない。今日まで生きているのか死んでいるのかもわからなかったのだから。

忘れるというか、考えないようにするしかないのだが、父が本当に死んだ時にはきっと連絡が来るんだろう。それを思うと憂鬱《ゆううつ》でたまらなかった。

数日たっても気分は晴れなかった。

仕事中は気が張っているのでそんなに思い出さないが、終わるとどーんと落ち込む。家に帰ると留守電に父の声が入っているのではないか、と考えるとまた……。

さんざん迷惑をかけられたことを切れ切れに思い出し腹を立て、あるいは年老《としお》いた父を疎ましく思う自分に失望し、そのくせ留守電の録音を消すこともできない。

自分の気持ちがつかみきれなくて、思わぬところで消耗《しょうもう》していた。

そんな時、足はまたあのカフェ――コーディアルに向いた。知らないケーキを食べたり、おいしいお茶を飲んだりすれば、一時でも忘れられるだろうか、と。

一番の理由は、店主のぬいぐるみと会って、また驚きたい、ということなのだが。

路地に入った時、あの店はもうないのではないか、と思った。だって現実とは信じられなかった。あの日、あの電話さえなかったら、きっとそのことを一日考えていたに違いない。おそらく二度とたどりつけないいんじゃないか、と。路地の角は、地底《ちてい》への穴だったのかも、などと柄にもなく思い続けていたかもしれない。

しかし、店はちゃんとあった。この間と同じように、窓にはカーテンが揺らいで、お客は一人もいなかった。

「あっ、いらっしゃいませ！」

カウンターの中でぬいぐるみが和晴に気づいた。

「またいらしてくださったんですね。うれしいです」

点目が大きくなったり、耳がピンと立った気もしたが、右側はやっぱりそり返っていた。驚きの種類が前回とは違っているみたいだ。新しい発見がある。

「こんにちは」

そう言って、中に入る。誰もいなかったが、カウンターには使用済みの食器が置いてあった。それを片づけながらぬいぐるみは言う。

「あれからお客さんがぼちぼち来てくださるようになりまして。さっきまでいらしてたんですよ」

「そりゃあよかった」

「毎日少しずつお客さんが増えてます。常連《じょうれん》さんになってくださるとうれしいんですが」

なるんじゃないかな。なんだかんだ言って自分も二度目なのだ。

「ご注文は？」

「今日もケーキを食べようと思いまして。おすすめはなんですか？」

「今日のケーキはキャロットケーキとレモンドリズルケーキです」

また難しい名前のケーキが！　キャロットケーキはさすがに想像できるけど。でも食べたことはない。

「他には、今日はスコーンがありますから、クリームティーもおすすめです」

ケーキどころか、知らない言葉が！

「クリームティー……紅茶にクリームを入れたものですか？」

「いえ、紅茶を飲みながらスコーンを楽しむことをイギリスでは『クリームティー』っていうんですよ」

「そうなんですか」

「アフタヌーンティーってご存じですか？」

「ああ、なんかお皿が三段積み上がってるやつ……」

ってあまりにも適当な言い草に、自分で苦笑してしまう。

「あれのサンドイッチとお菓子を抜いたもので、気軽なティータイムというような意味ですね」

「甘味処《かんみどころ》で緑茶や抹茶《まっちゃ》を頼むと、せんべいとか練切《ねりきり》がついてくるみたいなものですか？」

「そうですね。スコーンはお茶請《う》けにも軽食にもなる感じですが」

なるほど、お茶請けつきのお茶ということか。

ケーキとクリームティー、どちらを頼むか和晴は悩む。どちらの方がより食べることに没頭《ぼっとう》できるだろうか。

「あの――」

ここはやはりおすすめを訊くのが一番だろう。

「どちらがいいですかね？」

ぬいぐるみは目と目の間にシワを寄せた。悩んでいるみたいな顔だ。

「うーん、どちらかというと――」

目間のシワがさらに深くなる。面白い。

「どちらもおすすめなんです」

その答えに和晴が困る。

「もしわたしがお客さんだったら両方頼もうかと思うくらいなんです」

両方⁉　ぬいぐるみなのに、そんなに食いしんぼうなのか？　だいたい、ものが食べられるのか、という問題が……。

「お腹に余裕があったらですけど」

ぬいぐるみにそう余裕があるとは思えないけど。人間である和晴は、最近はあまり食欲がなくて、今日もほとんど食事を口にしていない。だから、ある意味余裕はあるのだが、さすがにそれは。

「じゃあ、どちらが食べる時に時間がかかりますか？」

質問してから変なことを訊いたな、と思う。

「うーん、だったらクリームティー――スコーンでしょうか」

苦渋《くじゅう》の決断、という声色《こわいろ》でぬいぐるみは言う。

「どうしてですか？」

「わたしの場合ですよ。あくまでも」

ぬいぐるみは、スコーンが盛られた皿を差し出す。ガラスのふたがかぶせられている。

「スコーンは二つご提供するんですが、たいていは上下二つに割られるんで、四回分楽しめるんです」

なるほど。

「いちごジャムとクロテッドクリームを載せて食べるんですが――」

「くろでっどクリームってなんですか？」

つい訊いてしまう。

「あ、クロテッドクリームっていうのは、生クリームとバターの中間くらいのクリームのことです。バターよりゆるくて、生クリームより固いんです。塗りやすいですよね」

そうなんだ……。

「たとえば、一つはクロテッドクリームだけ、一つはいちごジャムだけ、一つは両方載せて、最後の一つは一番好みのものをもう一度とか」

「はー、ひつまぶし方式ですね」

「あっ、そうですね。わたしは薬味《やくみ》を載せて食べるのが一番好きなんですけど」

「僕もです」

「おいしいですよね！」

妙なところで気が合う。

「あるいは、一つはいちごジャムを先に載せてクリームを上に、一つはクリームを先に載せていちごジャムを――」

「ちょっと待ってください。それってどう違うんですか？」

どっちにしろジャムもクリームも載せるだけだろう？

「違うって言う人もいるんですよ。ジャムを先に載せるとスコーンに染《し》みていやだって言う人も」

好みが激しすぎないか？

「もちろん四等分をさらに半分にして、それらすべての組み合わせを試すって手もあります」

そこまでしなくてもいいかな……。

「結論から言うと、好きに食べてくださいってことです」

「そうですよね」

「ジャムやクリームも変更《へんこう》できますよ」

それってさらにバリエーションが広がるってことではないか。

「何があるんですか？」

好奇心を抑《おさ》えられず、訊いてしまう。

「ブルーベリージャム、マーマレード、レモンカード、はちみつ、メープルシロップとか」

「……一つだけわからないものがあるんですけど。レモンなんとかって？」

さっきのレモンなんとかケーキもわからないままだが。

「レモンカードは、レモンの皮と果汁とバターと卵黄《らんおう》を混ぜて作るジャムというかクリームですね」

「卵黄！　保《も》たなそうですね……」

「手作りですから、うちは一週間以内には使い切るようにしています。おいしいですよ」

レモンと卵黄、というなかなか想像のつかない組み合わせに、和晴は怖気《おじけ》づく。お酢と卵黄だとマヨネーズではないか。甘いマヨネーズとか想像ができない。

「……いちごジャムとクリームを」

「それが一番のおすすめです。紅茶は何にしますか？　今日のおすすめはニルギリです。この間と同じブレンドティーもありますが」

「じゃあ、今日はニルギリで」

なんとか言えた。

「ミルクに合いますよ。たっぷりおつけしますね」

カウンター内で動き回るぬいぐるみを見るだけで余計なことを考えなくてすむ。

「どうぞ」

標準の大きさはわからないが、小ぶりだが厚みのあるスコーンと、器にたっぷり盛られたクリームといちごジャム、そしてミルクも来た。

紅茶は先日のものより色が濃い気がする。そういえばこの間は何も入れずに飲んだなー。家でケーキなどを食べる時は、砂糖もミルクも入れないから。牛乳がない時もあるし、本音《ほんね》を言うとちょっとめんどくさいのだ。

でもこの紅茶は濃そうだし、ミルクを入れてもいいかも。でもまず一口飲んでみよう。

「あ――」

前のよりちょっと渋みがあるようだが、これはこれで飲みやすい。香りはこっちの方がなじみある気がした。ミルクを入れると、香りは変わるが、味は、渋みがミルクと溶け合って、両方の風味が増す。砂糖入れてもおいしいかも、と思える。

まだお茶請けも食べていないのに。これがおいしい紅茶の威力《いりょく》か。

「ミルク冷たいんですね」

温かい方が紅茶が冷めないのではないか。

「温めるとミルクの臭《くさ》みが出てしまうんです。だから基本的には冷たいままでお出しします。でもご希望なら温めますよ」

なんでも要望に応えてくれるのかー！　高級ホテルに来ているような気分になる。声だな。この声だ。大きなお屋敷の執事《しつじ》ってきっとこんな感じなのだろう。和晴のためだけのサービスを受けているようだった。

スコーンは、最初の一つを四等分にしてみた。クリームだけ、ジャムだけ、そして両方載せて（順番を変えて）食べてみた。

その結果、和晴が一番好きなのは、クリームの上にジャムを載せたものだとわかった。

味わってというより分析《ぶんせき》して食べていたので、一つ食べ終わるだけでも時間がかかってしまった。

さてもう一つ、と思った時、ぬいぐるみが言う。

「お茶の濃さはいかがですか？　お湯を足しましょうか？」

「そんなサービスまであるんですか？」

「茶葉が入っているので、時間がたつと濃くなりますから、二杯目からミルクを入れたり、お湯を足したりするんですよ」

「そうなんですか」

知らないことばかりだ。

「ゆっくり楽しんでいってくださいね」

ニコッと笑って、そんなことを言われる。

ゆっくりか……。その言葉に、急に現実を思い出す。なんという皮肉《ひにく》だろう。

「どうしました？」

顔が曇《くも》ったことに気づいたのだろう。ぬいぐるみが言う。

「いや……なかなかゆっくりできない性分だな、と我ながら思いまして」

「そうですか？　ここにいらっしゃるところしか知りませんが、優雅《ゆうが》にティータイムを楽しんでいるように見えますよ」

お世辞《せじ》がうまいなあ。

「それは多分、ここにいる間はあまりいやなことを考えなくてすむからです」

口にするとこれこそお世辞っぽいが、和晴の本心だった。

「あ、それで食べる時に時間がかかるかどうかみたいなことお訊きになったんですね？」

「そうです」

「おすすめしたとおりにはなりましたか？」

「この間のケーキも、初めてのものだったので、いろいろ考えながら食べられました。でも、あの時はまだ今日ほど落ち込んではいなくて……」

「そうなんですか」

「あの日の夜、父親から電話がありまして――」

他にお客さんがいなかったせいかもしれない。それとも、点目を見つめていると、話したくなってくるのか。とにかく、そんなふうに話を始めてしまった。しかし、くわしいことを語る気力はない。

「昔、母と僕を置いて出ていった父が、五十年ぶりくらいに電話してきたんですよ。そしたら、なんだかいろいろ思い出してしまって」

それだけで彼は充分に察してくれたようだった。ぬいぐるみとはいえ、こんな店を出せるくらいだ。いろいろ苦労をしているのだろう。

「五十年ぶりということは、もうお父さんもお歳ですね」

「そうですね。八十近いはずです」

正確な生年月日は忘れてしまっていた。

「なんのために電話してきたのか。またかけてくるのが怖いんですよね」

わずらわしさが先に立つことが、本当に自分ながらいやだった。

「次に電話かかってきた時に、どう受け答えすればいいのかわからないし、出なくてもいいのか、それともやはり話すべきなのか、とぐるぐる考えてしまうんです」

こんなファンシーな店で何こんな重い話をしているのか、と自己嫌悪《じこけんお》におちいりそうだった。

ぬいぐるみは短い腕をぎゅっと身体に回した。これはもしかして、腕を組んでいる？

組めてないけど。

「難しいですね……。冷静に話せればいいんでしょうけど、何か言いたくなりそうですものね」

相手が話したいように、こっちも言いたいことがある。でも、どう言えばこの複雑《ふくざつ》な気持ちが伝わるのかがわからない。

「本音《ほんね》を言えばこんなことは考えたくないんですけど……」

娘たちが言うように、もうあとは自分の後始末《あとしまつ》だけを考えて、のんびりゆっくり生きていたいと思っていた。貧乏性《びんぼうしょう》ゆえに難しいかも、と考えていたが、本当の障害《しょうがい》はとうに縁を切ったはずの父親のことを延々《えんえん》と考えてしまう自分のこの性格なのかもしれない。

「次に電話がかかってきた時、どう対処すればいいんでしょうかね」

「うーん――」

ぬいぐるみのシワは全身に広がっていた。なぜか鼻先をぷにぷに押している。すごく考えてくれているらしいのはわかった。それがちょっとうれしくて、かわいい。

「どう対処しても、きっと後悔してしまいそうですから……とにかく後悔しないようにって決めるしかないんじゃないですか」

その言葉を聞いた時、思い出したのは妻と、母や義父母のことだった。精一杯のことをしたつもりでも、死後長い間、後悔に苛《さいな》まれた。愛した家族であればこそ、と思ったが、もしかして父に対しても後悔してしまうんだろうか。血がつながっているだけの父でも。言いたいことも言えぬままであることも、いつか悔《く》やむことになるんだろうか。

待っているのは、そんな未来のみ、なのか？

「そうですね……。なるべく自分を責《せ》めないようにしたいです」

妻の時のように、立ち直るまで何年も苦しむなどということにならないといいが。

「細かい事情はわかりませんけど、疲れたらまたお茶を飲みにいらしてください」

「ありがとうございます」

知らないケーキくらい、たまにはいいじゃないか。それを食べるひとときだけ、憂鬱は晴れていくのだ。

和晴は、それから少し落ち着いて父の電話を待てるようになったが、結局父本人からかかってくることはなかった。

ある朝、電話があった。父が入院している病院からかけている、と女性の声が言った。

「危篤《きとく》状態ですので、ご連絡しました」

とても事務的な口調だったが、和晴は病院へ向かった。県を一つまたいだところだったが、二時間ほどで着く。

死に目には会えたが、父の意識は戻らず、結局ひとことも話せないままだった。連絡をくれた女性は、弁護士の轟《とどろき》と名乗った。なぜ弁護士が連絡を、と思ったら、父の意外な老後の話をしてくれた。

浮気相手と駆け落ちをしたものの、そうそうに彼女に捨てられ、別の女性と再婚もしたがやはり失敗し、晩年は水商売界隈《かいわい》で働いていたらしい。

飲み屋で働いていた時に知り合ったのが、轟が顧問《こもん》弁護士をしていた資産家の男性・陣内《じんない》だったという。彼は父を自分の介護人として住み込みで雇ったのだ。父も老人ではあったが、陣内は百歳近かった。頭ははっきりしていたが、一人で暮らすのは不自由だったようで、食事の世話とか、掃除とか、病院に付き添ったり車椅子を押したりなど、甲斐甲斐《かいがい》しく世話をしていたらしい。

父は、実は彼が資産家とは知らなかった。小さい飲み屋で、ビール一杯、つまみ一つで満足するような人だったからだ。家も、特に大きくも立派でもない、ごく普通の古い一軒家《いっけんや》だった。そんな老人の境遇が未来の自分に重なった、と生前《せいぜん》言っていたらしい。

「おそらく、陣内さんもあなたのお父さまと自分を重ねられていたのだと思います」

若い頃に結婚離婚をくり返し、子供はできず、元妻たちもとうに亡くなり、きょうだいもいなくて、親戚も会社関係の人間とも疎遠《そえん》になり、親しい友人もおらず——。

父は、介護人として優秀だったという。気難しい陣内も、父の言うことは聞いたらしい。友人のような関係ですらあったと轟は言った。

「彼と話すのは楽しい、と陣内さんはおっしゃってよく笑っていましたよ」

陣内が亡くなって、遺産《いさん》のほとんどは慈善団体《じぜんだんたい》に寄付されたが、一部は父に残された。慎《つつ》ましく生活をしている者からすれば、かなりの大金だった。父は母にその金を渡そうとして、轟に我々の居場所を調べてもらったという。だが、もちろんもう母は死んでいた。和晴にだけでも会おうか、と電話をかけたのが先月のことだ。もう一度かけなければ、と迷っているうちに、心筋梗塞《しんきんこうそく》で倒れ、和晴が呼ばれた。

「あなたはお父さまの唯一《ゆいいつ》の息子さんですので、残された財産はあなたが相続することになります」

生前にあった借金を清算《せいさん》してこの金額——これを自分がもらうのはなんだか違うよう

に思えた。確かに父には苦労させられた。幼《おさな》い頃はよく殴《なぐ》られたりもした。離婚時の慰謝料《いしゃりょう》も養育費《よういくひ》も母はもらっていない。その代償《だいしょう》として受け取るにしても……父の金などもらいたくないという気持ちと、死ぬ間際にようやく改心《かいしん》して稼《かせ》いだ金だと思う気持ちが拮抗《きっこう》する。

後悔はなかった。ぬいぐるみと話して、しないと決めていたせいもあるかもしれないが、自分にできることはこれだけだった、と思えたからだ。そのかわり、金をもらうことに罪悪感《ざいあくかん》のようなものを覚えるとは、思いもよらないことだった。

父の葬儀が終わった。

参列者は和晴と娘たちと轟のみだった。父はささやかな墓も自分で買っていた。娘たちに話すと、会ったことはないけれど葬儀に参列したいと言った。呼べるような友人知人もいないので、通夜《つや》も告別式《こくべつしき》も行わない簡素な葬儀であったが、それでも娘たちが出席してくれたのはうれしかった。

納骨《のうこつ》するまでに後悔する気持ちが湧くこともあるかと思ったが、忙しくて考えるヒマもなかった。母や義父母の時もそうだった。妻の時はよく憶えていない。ショックもあったけれど、どちらにしてもいろいろ面倒な手続きに忙殺《ぼうさつ》されてしまうのだ。それをやっていれば時間が過ぎるというのもあったのだが。

納骨をし、轟に手伝ってもらって手続きもだいたい終わった頃、ようやくひと息つけるようになった。

ああ、これで本当に、自分のことだけ考えればいいんだ、と感じられたのだ。父のことなど忘れたふりをしていたけれど、本当は心の隅《すみ》にずっとひっかかっていたみたいだった。

のんびりゆっくり——妻が生きていれば、二人で旅行なんかにも行けただろう。それを思うと切ないが、その分は娘たちに残せばいいし、いつか親子三人で旅行に行ってもいい。

無理せずに働きながら、楽しく生きていいんだ、と初めて思えた。

しばらく行っていないコーディアルにも、通っていいのかもしれない。いや、通いたい。それが自分の、ささやかな楽しみになりそうだから。

久しぶりに訪れると、コーディアルのカウンターはいっぱいだった。かろうじて一席残っていた隅っこに小さくなって座る。

「お久しぶりです」

ぬいぐるみは、和晴のことを憶えていてくれた。いろいろ話したいことはあったけれど、あの時のように悩んではいなかったから、今でなくてもいい。

でも、これだけは伝えたかった。

「あの、お礼を言わせてください」

「え、何でしょう？」

ぬいぐるみはちょっと驚いたような顔になる。今はそれもよくわかる。

「父のことで助言していただいて、ありがとうございました。おかげで後悔しないですみました」

和晴の言葉にぬいぐるみはニコッと笑った。

「そうですか。いつかまた、ゆっくりお話を聞かせてください」

時間なら、たっぷりある。

「はい」

和晴が頭を下げると、ぬいぐるみもペコリと身体を折った。お辞儀できるんだ――とまた驚く。

「……それで、今日のケーキはなんですか？」

「今日はバッテンバーグケーキとバナナブレッドです」

ほら、また新しい知らないケーキだ。あのレモンなんとかケーキはいつ食べられるのかな。

幸せでいてほしい

沼田《ぬまた》穂香《ほのか》の姉・好実《このみ》は、昔から完璧美少女《びしょうじょ》だった。

何をやっても軽々《かるがる》こなす。ピアノでも絵画でも書道でも、習い事はすぐに人より抜きん出る。勉強もできる。もちろんスポーツも万能だ。

三つ違いの穂香にとっては、単なる大好きなお姉ちゃんでしかないが、周囲は常に好実に注目していた。世間の目が好実に集まるのをいいことに、穂香は好き勝手していたように思う。

なんとなく姉と比べられる、ということは意識していたが、今から考えると両親はかなり気をつかって子育てをしていたのだろう。好実のことはもちろん認めて、なおかつ穂香のよい面もきちんと見つけて、周囲からの声に穂香が変に卑屈《ひくつ》にならないよう、好実が振り回されたりしないよう、細心《さいしん》の注意を払ってくれていた。

何より、姉がまた完璧な対応をしてくれていたと思う。穂香のいいところを見つけて、両親に進言《しんげん》するのはたいてい好実だったし、なんでも全力でほめてくれるから、小さい

頃の穂香は姉が喜ぶことをしよう、といつも考えていた。中でも、

「ほのちゃんは絵が上手だね」

とことあるごとに言ってくれた。だから、たくさん姉の顔を描いた。

そして今、それが仕事になっている。

穂香は駆け出しのイラストレーターで、エッセイマンガなども描く。好実は大企業の秘書課に勤《つと》めている。添《そ》え物の秘書ではなく、バリバリのキャリアウーマンだ。二人そろってアラサーで、穂香はまだ実家に住んでいるが、好実は会社にほど近いマンションで一人暮らしをしている。これがまたおしゃれなのだ。ショールームみたいなインテリアに、ささっと手早く作るごはんもおいしくて――たまに遊びに行くと、なんだかホテルに来たような気分になれる。

うらやましい気持ちがないわけではないが、何をやっても上手な姉にも悩みがある。その悩みは、傍《はた》から見れば贅沢なものなのかもしれない。いわゆる「天才」の悩みみたいなものだから、凡人《ぼんじん》には理解できない部分もあるだろう。だが姉は本当に、昔から真《しん》剣《けん》に悩んでいたし、今も解決しそうにない。あきらめているようにも見える。

相談できるのは家族か、本当に仲のいい友人数人ほどだ。しかし同じことのくり返し

になってしまうので、最近はなかなか口にもしないみたい。悩みすぎて、病気になったら、と穂香はちょっと心配している。

もっと自分の境遇《きょうぐう》にあぐらをかいた尊大《そんだい》な人だったら心配する必要もないのに。そもそもそういう人だったら病気になることもないだろうけど。姉は本当に優しい人なのだ。


「ほのちゃん、今度つきあってくれない？」

姉からそんな電話がかかってくる。

「何？」

「今度、紅茶講座《こうざ》っていうのに申し込もうと思ってるの」

「どういう講座なの？」

「会社の人に『紅茶に興味があって』って言ったら教えてくれたんだけど、おいしいいれ方や、紅茶に合うお菓子を作ったりする講座なんだって」

最近の姉の趣味は紅茶なのか。それともお菓子作り？　でも昔それはやっていたな。おいしいケーキやクッキーを食べられてうれしかったけど、いつのまにかやめてしまったから、今回はきっと紅茶なんだろう。

「取引先《とりひきさき》の社長の奥さまがやっているプライベートな講座で、毎回講師も違うんだって」

おおう、セレブな香りがするー。

「奥さまから誘《さそ》っていただいたので、一緒に行かない？」

取引先の奥さまの講座では、行くという選択肢《せんたくし》しかないであろう。

「いいよ」

「わーい、うれしい！」

「セレブなお宅でやるの？　何着ていけばいい？」

「お宅じゃなくて、都内のキッチンスタジオでやるんだって。お菓子も作るけど、普段《ふだん》着《ぎ》でいいって言ってたよ。エプロンだけは持ってきてって」

「わかったー。でもあたし、お菓子作りなんてやったこともないよ」

おぼろげな情報では、きちんと分量《ぶんりょう》を量らないといけないらしい、と聞いている。

「気軽なイギリスのお茶菓子らしいから、そんなに気負わなくていいよ」

「ほんと〜？」

姉の「簡単」とか「気軽」というのは、実はあまり信用できないのだが、それは言わない。

待ち合わせの時間などを決めて、電話を切る。穂香としては、姉の腰巾着《こしぎんちゃく》として、邪魔にならないようにお茶を飲んだりお菓子を食べていればいいはず。こういうことはよくあるのだ。講座やイベントの料金とかは、たいてい姉に出してもらう。

もちろん、穂香から誘う時もある。姉の趣味に合いそうなものを見繕《みつくろ》っていろいろ行ってみた。主にオタク系《けい》やミュージカルの舞台などで、どれも姉は喜んでくれたが、なかなかハマるものはなかったようだ。

一週間後、麻布《あざぶ》にあるキッチンスタジオへ二人で赴く。

小さなスタジオかなー、と思ったらおしゃれで豪華な一軒家だった。地下鉄の駅からわずか五分。閑静な住宅街でとても静かだ。映画やドラマ、グラビアや料理本の撮影《さつえい》などに使われているという。

「えっ、こんなところをわざわざ借りて講座を!?」

「奥さまが経営しているスタジオなんだよ」

あ、なるほどね……。

中に入ると受付があって、姉は名前を告げて料金を払う。セレブな雰囲気だけれど、思ったよりもずっと安い。

二階のキッチンスタジオのホワイトボードには、今日のメニューなどが書かれていた。作るのはレモンドリズルケーキときゅうりのサンドイッチ。紅茶については、おいしいいれ方など。

講師の名前は——山崎ぶたぶた。

ぶたぶた？　珍しい名前だ。ペンネームかな。もしかして、豚肉《ぶたにく》料理が好きすぎる料理研究家とか？　と同時に紅茶やお菓子も得意なのか？

性別もよくわからない名前だが、なんとなく女性のように思う。どんな人だろう。

参加者は十二人ほどだった。女性もいれば男性もいた。最年少は明らかに穂香だった。時間に余裕《よゆう》のある人たちばかりが来ている感じ。

アイランドキッチンにそれぞれ四人ずつ、三つに分かれる。穂香たちは五十代くらいの小河原《おがわら》夫妻と組む。優しそうで、菓子作りにも慣れているみたい。皿洗いとかしていれば、足を引っ張らずにすみそう。

時間ぴったりに上品《じょうひん》なエプロンドレスをまとった中年女性が現れた。

「みなさま、ようこそいらっしゃいました。わたくし、当講座主催《しゅさい》の辰巳《たつみ》と申します」

つまりこの人が、姉の会社の取引先の社長の奥さまということだな（ややこしい）。

「今日は、イギリス菓子と紅茶のお店〝コーディアル〟の店主・山崎ぶたぶたさんに、レモンドリズルケーキとサンドイッチの作り方、そして紅茶のおいしいいれ方をご指導いただきます。以前にもぶたぶたさんにはいらしていただきましたが、リクエストのご要望が大変多かったので、待望《たいぼう》の再登場となりました。では、ぶたぶたさん、どうぞ」

辰巳が指し示した入り口の方に目をやる。どんな人？　若いのかな、それとも辰巳と同じくらい？　おちゃめなおばあちゃまかもしれない――と思っていると、姿を現したのは思ったよりもずっと小さい人だった。

いや、人ではない。ぬいぐるみだ。小さな桜色のぶたのぬいぐるみだった。大きさはバレーボールくらい。黒ビーズの点目、突き出た鼻。大きな耳の右側はそっくり返っていた。

それが、短い足をせっせと動かしてキッチンセットに向かっていた。

え、ほんとにぬいぐるみなの？　それとも動物？　だって、すごくリアルに動いてる。

動物だとしてもぬいぐるみだとしても、それが講師？　ケーキ作りを教えてくれるの？

穂香の頭は、完全に混乱していた。一瞬にして、あの小さな身体が中央のキッチンセットで指差し棒とか持って講義する姿が浮かんだが、大きな耳がぴょこっとシンクのところから飛び出た瞬間、想像を超えている、と感じた。

妄想《もうそう》が現実に……ああ、頭がバグる。小説にしたら友だちに「設定が安易《あんい》」とか言われそう。

そして、

「こんにちは。山崎ぶたぶたと申します。よろしくお願いいたします」

ぺこりと頭を下げた、というより、身体を二つに折り曲げた。なんと普通の挨拶だろう。これも小説だったら「インパクトが足りない」とか言われてしまいそう。

ところがこの挨拶に、穂香と姉以外はパチパチと拍手を送っている。みんななんだかニコニコしていた。誰もショックを受けていない？　もしかしてあたしたち以外は、さっき辰巳が言っていたように参加したことのある人!?　あるいは催眠商法《さいみんしょうほう》のサクラ!?

いや、それより穂香が驚いたのは、声が中年男性のものだったことだ。頭の中では、かっこよく歳を重ねた女性が颯爽《さっそう》と登場するものと思っていたから、ありとあらゆるギャップに呆然とするしかない。

はっ、姉は？　姉もショックを受けてる⁉

視線を移すと、姉はぽかんと口を開けて、山崎ぶたぶたというぬいぐるみを見つめている。珍しい。姉は天然《てんねん》で、ほんわかしている雰囲気なのだが、冷静な人なので、動揺もあまりしないし、こんなふうに呆然とすることもめったにない。

さすがの姉も言葉を失ったか。いやいや、誰でもそうだろ、と自《みずか》らツッコむ。

「お姉ちゃん……？」

声をかけても反応しない。え、大丈夫⁉

「今日はみなさんに、ティータイムを楽しむためのお菓子とサンドイッチを作っていただきます。材料をすべて一つのボウルに入れてさっくり混ぜて作るオールインワンのケーキと、シンプルなきゅうりのサンドイッチです。紅茶とよく合いますので、おいしくいれるコツもお教えします」

よく通る声だった。目をつぶったら、体格のいい渋いおじさんが言っていると勘違いしてしまう。

「材料はすべてキッチンの上に置いてあります。確認してください。小麦粉《こむぎこ》、卵、砂糖――」

ケーキとサンドイッチの材料がキッチンの上にそれぞれ用意されている。細かいレシピも印刷されて置いてある（持ち帰り可）。

「漏れはありませんね」

その声に、姉はいち早く反応した。積極的に確認して、「はい！」と手を挙《あ》げる。ぶたぶたはうなずいた。鼻先が上下しただけだけど。

よかった。姉も我に返ったらしい。

「今日はこのような工程《こうてい》になっています」

ケーキとサンドイッチを効率的に用意して、どちらも同時に作り終わり、できたてを紅茶とともにいただく、という予定がホワイトボードに書かれている。

「ではまず、担当の人を決めてください。ケーキの担当に二人、他の方はケーキにかけるシロップ担当、サンドイッチ担当という感じで」

話し合った結果、姉と穂香がケーキ担当、小河原夫妻がサンドイッチとレモンシロップを担当、ということになった。

「わたしたち、ぶたぶたさんの講座は二回目なので、ぜひケーキの指導を受けてみてください」

とにこやかに譲《ゆず》ってくれたのか、それとも楽な方に逃げたのか、真意《しんい》はわからない。だが、

「ありがとうございます！」

と姉は大変乗り気であった。

「では、まずケーキから作りましょう。小麦粉、バター、砂糖、卵、ベーキングパウダーを一つのボウルに全部入れてしまってください」

けっこう豪快《ごうかい》な作り方だな。穂香は、ボウルの中に材料をダバダバと入れる。全部量ってあるから、実に楽だ。あれ、もしかしてサンドイッチの方が大変じゃない？　しかも、ボウルの中身をかき混ぜるのは姉。穂香はやることがもうなくなってしまった。

「ケーキの型《かた》にクッキングペーパーを敷きましょう」

突然後ろから声が聞こえて、びっくりしてしまう。振り向くと、背の高いスツールに立っているぶたぶたが！

「あ、はい」

近いとぬいぐるみであることがよくわかる。思ったよりもずっと小さいし。先ほどのショックを思い出して、ちょっと緊張してしまう。

「レシピに書いてありますけど、わかりますか？」

レシピには手順《てじゅん》すべてに写真がついている。とても親切だ。

「これ見れば多分できると思います」

「わからなかったら、すぐに呼んでくださいね」

「はい」

ぶたぶたはスツールから降りると、それを両手で持って、隣のキッチンに移動した。

「力持ち……」

とつぶやくと、小河原夫妻がそろって噴《ふ》き出した。

「そうですよね、ぶたぶたさん、すごい力持ちですよね！」

「さっきあそこでもあの椅子に乗ってたんでしょうか？」

穂香が正面のキッチンを指差すと、ご夫妻はうなずく。

「前回もあれを持ち歩いて、キッチンを回ってました」

隣を見ると、やはり椅子の上に立って何やら指導している。しっぽの先が結ばっている後ろ姿が思いの外《ほか》魅力的。さっき気づかなかったが、ちゃんとエプロンをしていた。そして、実演《じつえん》する時は、手袋もしている。手袋っていうか、ただのビニール袋——あれ、なんだっけ？　似たものを最近見た気がする……。

「耳の……耳のカバー」

姉がボウルの中をかき混ぜながら、ぼそっとつぶやく。

「あー、そうそう！　ゴムが入っててちょうどいいよね！」

果たしてあれが美容院の耳カバーと同じものかはわからないが、かなり似ている。

「指《ゆび》サックかと思ったんですが、耳カバーっぽくもありますね」

小河原の奥さんが言う。

「特注《とくちゅう》かも」

「けど使い捨てですよ」

などと三人でキャッキャウフフしていたが、珍しく姉は黙ったままだった。三人とも手は止まっていない。いろいろやりながらおしゃべりをしているのだ。姉もいつもならそつなく混ざる。話題提供もお手のものだ。優しい声と華《はな》やかな笑い声で、場を盛り上げも和《なご》ませもする。

なのに、今日に限って黙っている。

「……大丈夫？」

心配なのでたずねてみる。実は、見た目よりもずっとショックを受けているのかも。

「え、何？」

姉はびっくりしたように穂香へ顔を向ける。

「もしかして身体の調子でも悪いの？」

実は姉は身体も丈夫なのだが（華奢だしポワポワな感じなので、なぜか体力なさげに見えるらしいが）、調子の悪い日がないわけではない。

「ううん、なんともないよ。ほのちゃん、シートは型に敷けた？」

「あ、うん」

菓子作りというより工作のようだったので、すぐに終わる。

「ケーキの材料は混ぜ終わりましたか？」

ぶたぶたが正面に立っていた。当然スツールに乗っている。身振り手振りで説明をしているが、それがなんだか椅子の上で踊《おど》っているようにも見える。

「なんかあったじゃん、映画で。椅子使って踊るやつ――」

小声で姉に言うと、

「『フラッシュダンス』？」

と答えが。椅子の種類は明らかに違うが、それはそれで面白《おもしろ》い。

「ケーキの型に生地を流し込んで、オーブンに入れてください」

パウンド型に生地を入れて、トントンと空気を抜く。オーブンはぶたぶたの指示通り予熱《よねつ》してある。

それぞれがケーキをオーブンに入れる。これで三十分ほど焼いて、焼き上がった熱々にレモンシロップを染み込ませる、という工程になっている。

「サンドイッチは、きゅうりとペーストの準備はできていますよね？　これも乾くとおいしくありませんから、ケーキにシロップをかける時にパンと合わせましょう」

サンドイッチも簡単だし、ケーキも簡単だった。もっと時間がかかるかと思ったが、全然そんなことはない。いや、他の人の手際がよかったからだな。穂香一人では、きっとこうは行かない。

姉は相変わらずあまりしゃべらない。じっとぶたぶたの話を聞いているようだ。まるで自分だけの世界に入り込んでいるよう。いや、そういう傾向《けいこう》のある友だちが穂香にはたくさんいるのだが、その子たちと変わらないみたいに見える。どうしちゃったんだろう？

「では、焼いている間に紅茶のおいしいいれ方を――」

そう言ってスツールを降り、またキッチンの奥に立った。ポットやリーフティーの缶、やかんなどが置いてある。

「紅茶をおいしくいれるには、いろいろルールがあります。『ゴールデンルール』とも言いますけど、わたしとしては気軽に楽しく、いつでも好きな時に飲んでいただける方がうれしいなと思います。ルールに縛《しば》られて『紅茶ってめんどくさい』って思われてもしょうがないですしね」

ぶたぶたはそう言って、「ゴールデンルール」をホワイトボードに書いた。ボード前に移動するのに多少時間がかかるし、身体を思いっきり伸ばして書くのでやりづらそうだが、その分スピードが速い。でも読みやすい字。あたしがあんなスピードで書いたら、絶対に何書いてあるかわかんない。

ポットとカップを温める、沸かしたてのお湯を使う、茶葉の量は人数プラス一杯、抽出《ちゅうしゅつ》時間を守る――と四つのルールが書かれている。

「実はこれ以外にもルールはあるんですが、伝統的なこの四つを憶えて帰っていただければ充分おいしい紅茶がいれられます。お湯の注ぎ方とかも空気を含ますとかいろいろあるんですが、ご自由にやっていただいて、自分のタイミングで飲んでいただく方がいいと思います。茶葉に関しては、うちのブレンドティーをご用意しました。どういういれ方をしても同じ味になるよう、ブレンドしたものです」

そんなことってできるのかな。でも、このぬいぐるみにならできるのかもな。

ブレンドティーの配合《はいごう》から、それぞれの茶葉の特徴などを話しているうちに、だんだんといい香りがしてきた。そろそろケーキが焼き上がる頃だ。

オーブンからケーキを取り出し、型から抜いて、竹串《たけぐし》で穴を開けてからレモンシロップをかける。レモンドリズルケーキの「ドリズル」は「滴《したた》る」という意味なので、たっぷりと染み込ませる。

サンドイッチも仕上げだ。バターを塗った食パンにきゅうりの薄切りとクリームチーズのペーストをはさんで切る。まあ、これだけなのだが、緑が鮮《あざ》やかでとてもおいしそう。

サンドイッチとケーキを皿に盛る。用意された食器はどれも美しく、特にケーキは素人《しろうと》が作ったとは思えないくらい映える。

「どうぞ、SNSなどで拡散《かくさん》なさってけっこうですよ〜」

辰巳がそつなく言う。

そして、今度こそ紅茶の実践《じっせん》だ。

二人用のポットで、紅茶をいれる。ポットとカップを温め、茶葉とお湯を入れる。これも簡単。これくらいなら穂香でも充分守れる。

「ティーコゼーも用意してありますので、ポットが冷めないようにかぶせてください」

この鍋つかみみたいなのはティーコゼーというのか。キルティング生地でできていて、白い小さな花が刺繍してある。手作り風でかわいい。

「では、三階に移動しましょう」

辰巳が用意してくれたトレイにポットとケーキとサンドイッチを載せ、見晴らしのいいサンルームへ行く。テーブルにセッティングしている間に、ちょうど紅茶が飲み頃になる。

「どうぞ、召し上がってください」

カップに紅茶を注ぐと、華やかな香りがふわっと広がる。穂香はストレートかミルクを入れて飲むのが好きだ。砂糖は入れない。

一口飲むと、口の中にもさっきの香りが――花みたいだ。色もきれい。紅《あか》い色が鮮やかで、味は少し渋みが強いが、コクがある――気がする。実は紅茶ってよくわからない。

「おすすめの飲み方ってあるんですか？」

ここでようやく、ちゃんと会話する姉の声を聞いた気がする。ぶたぶたに質問しているのだ。

「そうですね。一杯目はストレートか、ほんの少し砂糖を入れるのが、わたしは好きです。甘みを感じないくらい少なくても、砂糖を入れるとなんていうか――角《かど》が取れる感じになるんですよね。二杯目は濃《こ》くなっていますから、気になるようでしたら、ミルクを入れるかお湯で薄めてください。わたしはたっぷりのミルクで飲みます」

「ありがとうございます」

姉はさっそくスプーン半分くらい砂糖を入れた。穂香も真似《まね》してみる。すると、

「ほんとだ」

渋みがさっきより少ない――気がする。自信がなくて、姉を見ると、

「飲みやすくなったね。ストレートでもそうだったけど、柔らかくなった気がする」

姉の言葉にちょっとホッとする。

「じゃあケーキいただきます」

早く食べたくて仕方なかった。作りたてがおいしいって言ってたから。

レモンドリズルケーキは、本当にシロップが滴っていた。でも、ケーキが崩れるほどではない。まだあったかいから、生地がしっかりシロップを吸っている。

こんなしっとりしたケーキ、食べたことない、と思いながらひと口。

「うわ――」

思わず声が出る。思ったよりもずっと酸っぱい。でも甘い。甘さも酸っぱさもそのまま感じた。素朴な味だ。でもなんだかなつかしい。食べたことないのに、家庭の味だって思えるのだ。イギリスに住んでいたら、きっとおばあちゃんがこういうケーキを焼いてくれたんだろうなって。うちは日本なので、おばあちゃんはあんころもちを作ってくれたけど。

紅茶を飲むと、さわやかな酸味《さんみ》と甘みが合わさって味が変わった。すごくおいしい。

あ、紅茶のためのケーキなんだ、と実感する。本当の意味での「お茶菓子」。

「おいしいね」

姉がニコニコしながら言う。

「うん、おいしい」

他の人もみんな、そういう会話をしていた。セレブな雰囲気の講座なのに、なんとも和気《わき》あいあいだ。

サンドイッチも食べる。甘いものを食べたらしょっぱいものも食べたい。

ケーキが素朴だし、とても簡単なものだったから、同じくらい簡単だったこのサンドイッチもそうなのかしら——と思ったら、ずっと上品な味わいがした。これがクリームチーズではなく、マヨネーズだったらきっと素朴な味わいになったことだろう。でもクリームチーズのペーストには生のミントの葉も入っていて、そのさわやかさがきゅうりの瑞々《みずみず》しさを引き立てる。ケーキと対照的な心地いい塩気《しおけ》とともにバターとチーズのまろやかさも感じられる。

これも紅茶に合う！　伝統的な紅茶のおともって、計算し尽くされているんだな！たかがきゅうりのサンドイッチとあなどっていたことを反省する。

「これもおいしい」

「うん、今度やってみよう」

姉の料理のレパートリーがまた広がる。

それぞれのテーブルを回っていたぶたぶたがやってきた。

「訊きたいことなどありましたら、遠慮なくおっしゃってください」

とのことだが、「どうしてぬいぐるみなんですか?」とはなかなか聞きにくい……。

「あの……」

姉が小さな声で言う。

「お店ってどちらにあるんですか?」

こんな遠慮がちに訊く姉もまた珍しい。柔らかい口調ではあるが、基本ハキハキしている人なのだ。

ぶたぶたが答えたのは、下町の駅だった。

「行ったことないです……」

名前は聞いたことはあるが。

「いい街ですよ。大きな商店街もあります。ぜひいらしてください。日替わりでケーキ焼いてますから」

レモンドリズルケーキも少しレシピが違うそうだ。

「ありがとうございます。ぜひうかがいます」

うれしそうに姉は言う。お、けっこう気に入ったみたい。紅茶か、それともケーキか。ケーキかもしれない。姉が普段焼くのとは違うから。

「お待ちしています」

にっこり笑っているのがわかって、ぬいぐるみなのにすごいなあ、と穂香は思う。


面白い講座だったなあ、とひと月たってもたまに思い出す。とはいえ、あれが印象に残らない人なんていないだろう。

撮影にも使われるキッチンスタジオだったので、ケーキの写真がすごくうまく撮《と》れた。辰巳が、いろいろ指導してくれたのだ。インスタ映えする写真の講座まで受けた気分だった。

ぬいぐるみの山崎ぶたぶたを出してもいいのだろうか、と思ったが、ＳＮＳに載せる許可を彼本人からもらっていないので控えた。辰巳のインスタに、参加者との記念写真だけ載っていたが、これってまさか講師がぬいぐるみだと思わないだろうなあ……。

おいしいケーキが食べられて、紅茶のおみやげ（ティーバッグだからこれこそ気軽に飲める）ももらえて、ケーキの写真に「いいね」をいっぱいもらえて、講座のお金も姉持ち。穂香としてはいいことずくめで、ほくほくだった。

好実には当日にお礼は言ったが、たいていは後日改めて穂香からおごることにしている。姉のようなおしゃれな店ばかりとは行かないが、友だちの間で話題のおいしい店にいつも連れていく。実は姉は酒豪《しゅごう》でもあるので、たいていは飲み屋だ。酔っ払ってもあまり変わらない。男に絡《から》まれた時に飲ませて逆につぶしたこともある。

「いい店見つけたから、飲みに行かない？」

「うん……ありがとう」

あれ？　その返事に、ちょっと違和感が。どことは言えないが、なんとなくためらいを感じる。姉妹だからこそわかる程度のものだが。

「どうかした？」

「ううん、なんでもないよ」

そんなの嘘だ。ていうか、こういうのって初めてかも！　姉はとても安定している人で、穂香が物心ついた頃からもう落ち着いていて、賢《かしこ》くて——つまり、子供の頃からうろたえたことも落ち込んだところも見たことがない。見せなかっただけかもしれないが、だったら今どうして見せたの!?

もしかして、本当に身体の調子が悪いのかもしれない。どんなに気をつかえる人でも、自分に余裕がなければ無理だから。

とりあえず、飲みに行く約束をして（昼に変更しようかと思ったが、なんだかすごく行きたそうだったので仕方ない）、そこで探り出そう。


友だちに教えてもらったジンギスカン屋さんは、とても安くておいしい。生のラム肉は身体があたたまって、食べすぎるとなぜか穂香は眠れなくなる。元気になりすぎるんだろうか。疲れを取る効能《こうのう》もあるらしいので、仕事の〆切《しめきり》前にあえて行くことが多かったりする。

炭火の七輪《しちりん》を囲んで、二人でどんどん羊を食べる。ビールが進むー。

「平べったいお肉のジンギスカンしか食べたことないよ！　北海道で食べたのに」

「ああ、某ビール園《えん》でしょ？」

「うん。でもビールはすごくおいしかったなー」

うーん、北海道でビール飲みたい。ビールだけじゃなくて、他にもいろいろ食べたい！　別に北海道じゃなくてもおいしいもの食べたい。はっ！

「そういえばさー、ぶたぶたさんのお店の場所、訊いてたよね？」

穂香がたずねると、姉はビールを一口飲んでから、

「うん」

と答えた。

「どこだっけ？」

姉はスラスラと答える。

「もう行ったの？」

姉は当たりはとても柔らかいが、決して社交辞令《しゃこうじれい》を言わない。この間場所を訊いた時に「行く」と言ったからには、もう行っているはずだ。たいていひと月以内には行く。

「……ううん、まだ」

「へー。忙しいの？」

「そうでもないけど……」

えっ、なんだか煮え切らない。どうして？

「行くって言ってたじゃん？」

「うん……行きたいんだけど……」

ええええ、姉がこんなに言いよどむなんて、めったにない。でもあんまり問い詰めるのも……どう言ったらいいんだろう。いつもと違う姉を前にして穂香が迷っていると、

「ほのちゃん……実は悩んでるの」

姉の方から打ち明けてくれた。こんな暗い声は初めてだった。

「何に悩んでるの？」

「……わからないの」

え？

「何に悩んでるか、わからないんだよ、ほのちゃん」

それは、いかにも姉らしい悩みだった。

姉は、とにかく昔から完璧美少女であった。なんでもすぐに習得《しゅうとく》してしまう、ある意味天才であったし、実はそれをちゃんと自覚している人だ。

「ほのちゃん、お姉ちゃんは『夢中になる』とか『好きなもの』ってわかんないの」

中学生の頃、そんなことを打ち明けられたことがある。

興味や好奇心はある。チャレンジ精神や向上心も旺盛《おうせい》だ。だから、いろいろなことをやってみる。すると、なんでもできる。できるので続けるけれど、一緒にやっている子たちとの温度差を感じて、やめてしまうのだと言う。

「ピアノをやっている時、同じ教室の女の子に、

『あんたがいるからあたしはコンクールに出られない。あたしの方がずっとピアノが好きで、がんばってるのに！』

って言われた時から考えてたんだ」

その時、姉は小六だった。いろいろな曲が弾《ひ》けて楽しかったが、コンクールに出たいとは思わなかったし、ピアノを弾くこと自体は好きでも嫌いでもなかった。両親が喜ぶからやっているようなものだった。

「だから、ピアノをやめたの」

今から考えると女の子の言い分はただの言いがかりなのだが、それに対しては「なるほど」としか思わなかったらしい。

「ピアノが好きなら、そうは思わないよね、きっと」

そのあとも、スポーツなどをやっても、いっしょうけんめい打ち込んでいる部活の仲

間とどうも壁があるように感じ、いじめられそうな気配を察してやめたりもした。

「でも、全然残念じゃなかったの」

姉はため息をつく。

仲間とかライバルがいるとこじれるのかな、と思って、一人でやれることに挑戦しようと絵を描いたりもした。姉も絵がうまいのだ。穂香とは全然傾向は違うが、県の代表に選ばれたりもした。

「これは、ほのちゃんの絵を見てやめたね」

中学生だった穂香は、それを聞いてちょっとショックを受けた。

「ほのちゃんの方がずっとうまかったから。っていうか、自分の絵よりほのちゃんの絵の方が好きだったんだ。自分の絵は、あまり好きになれないからやめた」

「一緒に描こうよ」

と穂香は言ったが、

「自分が絵を描くより、ほのちゃんが絵を描いてるのを見てる方が楽しいからいい」

と笑っていた。

そのあとも姉は趣味を転々とする。童話を書いて雑誌に載ったり、自分や穂香や母の服を作ったり、黙々《もくもく》とランニングをしたり（これは健康のために続けているらしい）、料理教室から講師の話が来たり、カラオケで歌っていたらスカウトされたり――とめったやたらと逸話《いつわ》が多いし、なんでもすぐに高レベルに達する人なのだが、実は無趣味なのだ。

今は毎日、会社へ行って（幸い仕事は面白いらしい）、完璧な食事やお弁当を作り、夜はつきあいで飲みに行く程度で、何もない日は読書やストレッチなどして早めに寝てしまう。休日はたまっている家事をこなし、友だちや家族と出かける。誘われればどこへでも行くが、クラブとかはナンパがひどいので、断っているという。

恋愛はどうなんだ、と思われるだろうが、はっきり言ってモテる。何人かとつきあい、結婚寸前《すんぜん》まで行った人もいるが、今は一人だ。

「自分から好きになった人っていないんだよね」

片思いは、されたことはあってもしたことはないらしい。

「ほのちゃんみたいに、何かに夢中になりたい」

と言われたこともある。高校生くらいの頃だったろうか。その頃、穂香は、受験勉強のために絵を描く時間を削られ、かなりピリピリしていた。勉強への意欲も足りていないと感じていたし、受験に失敗するかも、といつも不安だった。

教科書を読むだけで内容が頭に入る姉は、テストや試験で苦労したことがなく、穂香はその方がずっとずっとうらやましかった。絵を我慢するストレスと勉強のストレス、二つ抱《かか》えていたから、そういうものとは無縁《むえん》の姉のことが、その頃ちょっとだけ嫌いだった。言ってないけど。

今は、なんとなく姉の悩みもわかる。姉には、拠《よ》り所《どころ》がないのだ。穂香の「絵」はただの趣味ではなく仕事にもなった。自分のアイデンティティの一つだ。つらいことがあっても、絵を描いていると忘れられる。仕事だから描くこと自体がつらい時もあるけれど、描き終わった時の達成感はすごく大きいし、思いがけずうまく描けたりすると喜びが倍増する。

やっかいなものでもあるが、幸せを呼び込んでもくれる。絵のためにとどんどん世界を広げなければならないから、様々なことが好きになっていく。そんな刺激を与えてくれるものなのだ。

姉には、それがないらしい。

「一人でいると、何をしたらいいかわからないの」

だから、友だちや穂香に誘ってもらってどこへでも行く。しかし、夢中になれるものは見つからない。なんでも苦労なくこなせるから、達成感もない。

「ほのちゃんたちが感じてる『楽しい』を、あたしもほしい」

何も悩む必要などない、と思われるだろうが、拠り所は、だんだんと歳を取るこれからの方が必要なのだ。と、これは年上の友人たちの受け売り。でも彼女たちを見ていると、何年か後の自分の姿は容易に想像できる。その時自分を助けてくれるものをたくさん作っておこう、と思えるのだ。

「結婚すればいいんじゃない？」

と、はたちを過ぎたくらいの頃、姉に言ったことがある。でも姉は首を振った。

「縁があれば結婚もするし、子供もほしいよ。でも、それはそれだよ。子供が巣立《すだ》ったあと、どうすればいいの？」

今は適当なこと言ったなあ、と反省している。拠り所は自分の中にあった方がいい。だって、それは自分だけのものだもの。

「やっぱり……趣味のことなの？」

ずっと悩んでいるのは知っていた。だから自分の幅《はば》を広げようと、姉はいろいろなところに行ったり、この間みたいな講座や学校に通ったりしていたのだ。

だが、やはり姉は首を振った。

「え、違うの？」

「よくわからないんだよ」

途方《とほう》に暮れたように、うつむく。

「最近、何について考えてるの？」

とりあえずこう訊いてみる。姉はしばらく考えたのち、

「ぶたぶたさんのお店に行こうかどうしようかって」

「は？」

それに悩むの？

「もしかして、『ぜひうかがいます』ってお姉ちゃん初の社交辞令？」

行く気もないのに言っちゃったの⁉

「え？　あ、そんなことないよ！　行こうと思ってたよ」

「じゃあ行けばいいんじゃない？　そういうので迷ったことって今までもあった？」

「ううん、ない……と思う」

「一緒に行ってくれる人探してる？」

でも、姉は別に一人でも全然気にしないで行動できる人なのだ。

「ううん、一人でも大丈夫だよ」

「じゃあ、行こうよ」

「うん……でもなんか……」

うじうじしてる！　姉が！　完璧美女の沼田好実がうじうじしてるなんて貴重《きちょう》だ！

動画撮りたい！

「一緒に行こうよ」

「一緒に行ってくれる？」

あれ、やっぱり一人がいやだったのかな？　あの店だけ？　なぜ？

「明日行こうよ、さっそく」

「明日!?」

焦ったような声を出す。なんだか面白い。

「駅で待ち合わせしよう」

「ええぇ……」

聞いたことのない声を出す姉を尻目《しりめ》に、穂香は待ち合わせをさっさと決める。

「行くでしょ？」

「う、うん……」

なんだか頼りないが、約束は守る人なので、多分大丈夫だろう。行けば悩みは解決するかもしれないしね。何に悩んでいたんだって思うかも。

でも、どうしてそんなことに悩んでるの？　穂香にはわからない。それこそ天才の悩みなのかもしれない。


次の日、駅での待ち合わせに姉はちゃんと来た。というか、穂香より早く来ていた。

「おはよう、ほのちゃん。何着ていけばいいのかわからなかったよ」

なんかデートみたいなこと言ってる。

「いや、いつものでいいんじゃない？」

「いつもがどんなんだかわかんなくなっちゃったんだよ！」

まだ焦っている雰囲気がある。

「とにかく行こうよ」

おみやげの紅茶とともにもらった名刺《めいし》があるので、住所はわかる。駅からすぐだ。ていうか、すぐ裏だった。とても近いが、静かな小道。夜、ちょっと怖いかもと思うくらい。

「ここだ、コーディアル」

木枠のドアや窓が白いかわいらしい外観《がいかん》は、この間食べたシンプルなケーキやサンドイッチのイメージにぴったりだった。

店に入ると、カウンターだけの席は半分くらい埋《う》まっていた。

「いらっしゃいませ。あっ」

カウンターの中にいるぶたぶたは、すぐに気づいてくれた。もう一ヶ月も前なのに。

「こんにちは。先日はありがとうございました」

と言ったのは穂香だった。こういうご挨拶は、通常姉が積極的に行うのであるが、なぜか黙っている。

「いえいえ、こちらこそいらしていただいてうれしいです。今日はレモンドリズルケーキはないんですけど、メニューは上の黒板《こくばん》に書いてあります」

今日のケーキは、レモンメレンゲパイとトリークルタルトか。スコーンもある。飲み物は紅茶の他、コーヒーや冷たいカフェオレや、店名の「コーディアル」のとおり、エルダーフラワーやブルーベリーのコーディアル（シロップ漬け）のソーダ割りなどもある。ところで、トリークルタルトって何？

「サンドイッチはないんですね？」

「そうなんです。今は甘いもののみにしてます」

「今は？　これからやる予定はあるんですか？」

「そうですね。いろいろ試行錯誤《しこうさくご》しています」

そうか。それって通う口実になるよね。

「どれにする？」

姉に訊くと、

「あっ、うん。どれでもいいよ」

何その言《い》い草《ぐさ》！　ますます姉らしくない。どれを食べるかはっきり言うのが常なのに。

「トリークルタルトってなんだか知ってる？」

姉はきょとんとしてから、首を振る。知らないのにどれでもいいって？　どうしちゃったの!?

「トリークルタルトってなんですか？」

仕方なくぶたぶたにたずねる。

「糖蜜《とうみつ》のタルトです」

ええーっ、何それおいしそう！　「糖蜜」という響《ひび》きが特に！

「イギリスだとゴールデンシロップっていうのを使うんですが、うちは日本で手に入りやすい黒蜜《くろみつ》を使って作ってます」

黒蜜――ますますおいしそう。

「じゃあ、レモンメレンゲパイとトリークルタルト、両方お願いします」

「はい、飲み物はいかがなさいますか？」

「紅茶で。お姉ちゃんは何？」

コーヒーもハウスブレンドのようだし、コーディアルも気になるが、

「紅茶お願いします」

なぜかそこはきっぱり。

「ブレンドと、今日はニルギリとヌワラエリヤがありますが」

「ブレンドにします」

この間は自分でいれたが、ぶたぶたにいれてもらうと味が変わるかもしれないから。姉はなんだか真剣に悩んでいるようだ。そういえば、元々ぶたぶたの講座に行ったのだって、紅茶の勉強をしていたからだった。それで悩んでいるのかな？

「ヌワラエリヤをお願いします」

ようやく姉は決めた。

「はい、お待ちくださいね」

カウンターの中は、よく見えないけど、小さなぬいぐるみが使いやすいように改装されているようだった。他には誰もいないから、洗い物も自分でやらないといけない。手伝ってあげたい、と思ったが、人間が一人で動くのが精一杯くらいの広さなので、中にもう一人入ったらかえって邪魔になるだろう。ぬいぐるみだから、けっこう広々と使えるんだろうな。

ぶたぶたは飲み物を準備したりケーキを盛りつけたりしながら、他のお客さんと楽しそうにしゃべっていた。老若男女《ろうにゃくなんにょ》いるが、みんな近所の人なのかな？　すでに常連さんのようだった。

「かわいい店だね」

と姉に言うと、

「うん」

としか言わなかった。目はぶたぶたに釘《くぎ》づけだ。そりゃそうだ。見ていて本当に飽《あ》きない。しばらく二人で、くるくると動き回るぶたぶたに見入る。あ、スコーンをおじさんと若い女性に渡した。おいしそうだな。

他のお客さんには、なんとプリンが！　上にたっぷり生クリームが載っている。

「うわー、今度あれ食べたいね」

と姉に言うと、無言でうなずく。ほんとに無口だ。

「具合悪いわけじゃないんだよね？」

「うん、大丈夫だよ。ほのちゃん、あたしそんなに変？」

顔色はとてもいいので、そんなに心配はしていないのだが。

「変だね」

「どうしてかな……それがわかんないのよね」

なるほど。

「はい、レモンメレンゲパイとトリークルタルトです。お茶はコーディアルブレンドとヌワラエリヤです」

　パイはメレンゲのほのかな焦《こ》げ目がおいしそう！　トリークルタルトは見た目地味だが、すごくいい香りがする。黒蜜の香りだろうか。

「いただきまーす」

　まずは紅茶をひと口。あ、おいしい。でも、この間自分でいれたのとそんなに変わらない気がする。言われたとおりやれば、ほんとにおいしくいれられるんだな。

「お姉ちゃんの紅茶も飲ませて」

　ヌワラエリヤはブレンドティーより渋みがあった。香りも強い。ケーキに合いそう。いや、ブレンドだって合うって知ってるけどね。

　二人で分けっこしてパイとタルトを食べる。レモンメレンゲパイはメレンゲの下にレモンカード（レモンとバターと卵黄で作ったクリーム）が敷いてある。メレンゲは優しい甘さ、レモンカードはかなり酸っぱくて、その対比がおいしい。

　そしてトリークルタルトはザクザクの生地と黒蜜のフィリングの食感が面白く、甘みが強いがとても軽い。食べたことのないお菓子だが、あとを引く味だった。余計なものが入っていない素朴な感じ。そういうのってつい手が伸びてしまうよね。

両方とも紅茶が進む。紅茶のためにケーキを食べているのか、ケーキのために紅茶を飲んでいるのか、わからなくなる。

甘くておいしいものって食べてて幸せになる。ここはいい店だ。姉が誘ってくれてよかった。

「おいしかったです。また来ます」

帰る時にそう言うと、

「ありがとうございました。お待ちしています」

と手を振ってくれた。短くて、濃いピンク色の布が張られたひづめみたいな手を。あれでどうしてあんなにおいしいケーキを焼けるんだろうか。

店の外に出て、駅近くに行くまで、姉は無言だった。

「ねえねえ、どうしたの？　お姉ちゃん、あんまりおいしくなかったの？」

そんなはずはない、と思いつつ、訊いてみる。

振り向いた姉は、泣きそうな顔をしていた。

「ほのちゃん……ありがとう、つきあってくれて」

「え、何を大げさな――」

「大げさじゃないの。わかったよ、わたし。一人で行く勇気がなくて、悩んでたの」

「それは珍しいね」

お一人さまも気にしない人なのに。

「一人で行ったとしても、何も言えなくてただの不審者《ふしんしゃ》になってたよ」

ん？　なんか変なこと言ってない？

「別にむりやり話す必要はないでしょ？」

静かにケーキを食べて帰っても、店に迷惑《めいわく》がかかるわけじゃなし。

「そうなんだけど、そうなんだけど――別に話はしなくてもいいんだけど、それでいいんだけど……」

本格的に姉の様子がおかしくなっていた。思い出し焦りというか、今になってうろたえているというか。言葉が出なくて何度も同じことをくり返している。

あれ、こういう人、なんか憶えがある。しかもよく見る。

「……まあ、いいのよ。行けただけでも」

このむりやり話を打ち切るところも。

「気がすんだ？」

「えっ、気がすむ？　そんな……」

ショックを受けたような顔になる。

「また行きたいんでしょ？」

「う、うん、行きたい……」

「でも、まだ一人で行く勇気はない？」

ためらったのち、無言でうなずく。

「ていうか、行ったあと、こうやって誰かに受け止めてもらいたいんでしょ？　一人で行くと、気持ちが渋滞《じゅうたい》するから」

「気持ちが渋滞……？」

「あふれる気持ちを誰かに話したいってことだよ」

「ああー……そうかも」

合点《がてん》がいったように、姉はつぶやく。

それはね、お姉ちゃん——尊《とうと》い思いが渋滞して、言語化できないってことなんだよ。

沼《ぬま》にハマったオタクには、よくあることなんだよ。

とは言わなかった。まだ。

「お姉ちゃんは、ぶたぶたさんのファンになったんだね」

ファンというものに、姉はなったことがなかった。熱狂的《ねつきょうてき》にアイドルやトップスターへ声援を送る穂香や友人たちを、少し離れたところからニコニコ見守っていただけだったのだ。

多分、あこがれていたのだと思う。

「ファン……そうだね。そうかも。ケーキも紅茶も好きだよ」

ファン……ファンか、そうか、とぶつぶつ言いながら、顔がみるみる輝いてくる。

「初めてファンになったよ！」

こんなうれしそうな姉の顔、初めて見たかもしれない。

「もしかして恋？」

一応そう言ってみる。姉ははっとなったが、やがて首を傾げて、うーんとうなった。

「たまにお店に行って、ケーキを食べられればいいの。ずっとお店があそこにあるといいな。身体を壊《こわ》したりもせずに」

推《お》しへの愛は、恋にもよく似たものだが、望むことはシンプルだ。「いつも幸せでいてほしい」――ただそれだけの気持ちで、自分も幸せでいられる。

姉はついに、「推し」と呼ばれる好きなもの——つまり、「拠り所」を手に入れた。まだ自覚していないようだけど、きっとこれから、何かが変わる。

「あー、なんかうれしいから、お姉ちゃん、ほのちゃんになんでもおごっちゃうよ！」

「おいしい回転寿司に行きたい！」

「行列に並んでいいなら！」

「ちょうどいい腹ごなしだよ！」

二人で笑いながら駅へ向かう。

穂香はちょっとだけコーディアルの白い店舗を振り向く。

姉のためにも、いつまでもぶたぶたが健康でいられますように。お店も続けられますように、と祈る。でも果たして、ぬいぐるみの健康をどう祈ったらいいか、正直なところわからないんだけれども。

カラスとキャロットケーキ

カーカー
外からの声に、下井朔馬《しもいさくま》は目を覚《さ》ます。

ベランダの手すりに、カラスがとまっている。最近よく見かける。といっても、こうやって窓ごしなのだが。

まるで、朔馬を起こしに来るみたいだ。でも、こうやって起きるとすぐに飛び去ってしまうので、そのまままた寝てしまうことも多い。

あのカラスは何しに来ているんだろうか。わけがわからない。

ちょっと前、朔馬のあとをついてくるカラスがいたのだ。きっかけはなんだったろう。ゴミの上にかぶせてある網《あみ》にくちばしがひっかかっていたので、落ちてた枝で網を引っ張って助けたことだろうか。でもあれは、単に偶然《ぐうぜん》取れただけだと思う。なんであんなことしたんだろうか。気まぐれにもほどがある。

それ以来、よく待《ま》ち伏《ぶ》せされる。少し怖いけれど、毎日のように会っていると、妙な愛着《あいちゃく》が湧くものだ。でも、同じカラスとは限らない。別のカラスが待ち伏せする理由もわからないけど。

カラスがいなくなったベランダを見ているうちに、眠気が消えたので、朔馬は階下に下りた。

台所で、母が何かを食べていた。

「何してんの？」

母に声をかけると、

「えっ!?」

びっくりしたような顔で振り向く。

「な、なんでもないよ」

口をモゴモゴさせながらそんなことを言う。

「何隠《かく》れて食べてんの？」

バレバレだ。

「いや、ほんとになんでもなくて――」

とテーブルの上を片づける母。

「何食べてたの？」

「食べてないっ——」

そう言いながらむせる。ゴホゴホしながら、マグカップの飲み物を飲み干す。

「あー、死ぬかと思った……。あんたが脅《おど》かすから！」

「一人でコソコソしてるからだろ？」

「違うの！　ちゃんと理由が——」

「あっ、やっぱり！」

テーブルの上には食べかけのケーキがあった。かけらをひょいっとつまみあげて、朔馬は口に入れた。

「あーっ、それは！」

母が焦ったように声をあげる。何？　俺、特にアレルギーもないから、食べても大丈夫だと思うけど。

パウンドケーキらしきシンプルなケーキは、スパイスの香りがした。くるみも入っている。ふわふわなスポンジではなく、ザクザクな感じ。けっこう甘めだが、

「うまいじゃん」

「あー……おいしい？」

「うん。どこの？」

朔馬は甘いものが好きだ。母も甘いものが好きだから、その影響《えいきょう》かもしれない。父は甘いものが苦手だが。

だから、母が自分に隠れて甘いものを食べるなんて、少しショックだ。でも、それがバレるのはちょっとかっこ悪い。

「なんで一人で食べてたの？」

しかし結局は非難《ひなん》するようなことしか言えないんだけど。

「それ、あんたが嫌いかなーって思ったから」

「なんで⁉」

「だってそれ……にんじん入ってるから」

「えっ」

にんじん⁉　嘘⁉

「あんた、野菜ケーキ嫌いじゃない？」

「う、うん、あんまり好きじゃない……」

誤解しないでもらいたいのだが、野菜自体は嫌いじゃない。なんでも食べるけれども、甘い味つけのものが苦手だ。おかずにならない野菜があまり好きじゃない。かぼちゃとかサツマイモの甘煮とか甘い豆とか。ある程度塩気があっても、ごはんと合わせたくないと思ってしまう。

野菜を使用したケーキもあるけれど、申し訳ないが心から楽しめない。味はいいんだけど、香りがどうも気になるのだ。

でも、これにはそういう感じがいっさいない。

「全然感じなかったけど……」

「あ、そうなんだ。嫌いかなー、と思って教えなかったんだけど。やっぱ食べないとわからないね」

「しかもうまいよ」

ざっくりとした食感と甘みが絶妙だ。にんじんの甘みだから優しいのだろうか。

「くるみとスパイスのせいかな……」

「生姜《しょうが》がけっこう入ってるよね」

「そうだね」

二人で分け合って完食《かんしょく》する。間に入っているクリームは少しチーズの風味《ふうみ》がある。わずかな酸味が甘みを引き立てる。

「けっこうしっかり甘いね」

最近は甘さ控えめというのが主流だけど、ここのは違う。それもあってにんじんが目立たないのか。

「昔はにんじんの甘みを利用して作ってたケーキらしいよ」

「そうなんだ。どこのお店のケーキ？」

「……どこだっけ？」

笑って母はごまかす。

「もらったケーキなんだよ。職場でさ、分けてくれたの」

「じゃあ、新しいケーキ屋さん？」

「うん、多分」

「なんてとこ？」

「分けてくれた人に訊くの忘れちゃった」

こういうところがけっこういい加減な人なのだ、母。

「なんてケーキなの、これ？」

その店に行けなくても、ケーキ自体はどこかで買えるのではないか。

「キャロットケーキって言ってたよ」

……そのまんまだった。

母は甘いものが好きだが、自分で作るということはしない。朔馬は、ちょっと作ってみたい気持ちはあるが、めんどくさそうなのでやったことはない。ケーキって難しそう。

多分、今はにんじんもそれほど使わないんだろう。だから朔馬にも違和感《いわかん》なく食べられたのかもしれない。香りはスパイスでごまかしてるのかな？

そのあと、「キャロットケーキ」をネットで検索した。いくつも出てくるが、朔馬が食べたケーキと同じかどうかはわからない。見た目も様々だ。

母も職場の人に訊いてくれたらしいのだが、みんなよく知らないらしい。ただ、そのあとも持って帰ってきてくれた。

キャロットケーキだけではなくいろいろなケーキがあって、どれもおいしい。でも一番はやっぱり、キャロットケーキだった。野菜が入っているとはとても思えない。

かぼちゃのケーキやプリンなんかもあまり好きじゃないのに、どうしてここのはこんなにおいしいんだろう。匂《にお》いもわかりやすそうなのに。

「キャロットケーキって、家で作れる?」

母にたずねると、もちろんわかるはずもなく、

「どうなんだろう?　今度調べてみるよ」

と言われた。一応自分で調べはした。レシピ自体は簡単そうだ。というか、いろいろあるんだけど。簡単に見えて、そうでもないっていうのもあるんだろうな。やったことがないから想像するしかない。

「そんなに食べたいのなら、食べに行く?」

母が言う。

「食べに行けるの?」

朔馬の問いに、母はうなずく。

「お店の場所は教えてもらったよ」

ちょっと考えたが、

「……それはいいや」

と言う。

「そう？」

「買ってきてくれたら、食べるし」

「うん、わかった」

母はそう言った。


次の日、仕事から帰ってきた母の様子は、いつもと違っていた。

キャロットケーキを買ってきてくれて、二人で食べている間、ずっと、

「ねえ、朔馬。お店に食べに行かない？」

と言い続ける。

「え？　行かないよ」

「でも、行った方がいいと思うんだ、お母さん」

ずいぶん熱心にすすめるのに、朔馬は戸惑った。

「ねえ、行こうよ。キャロットケーキだけじゃなくて、他にもいろいろあるみたいだよ。何食べてもいいから」

行かない、と朔馬は再度言おうとした。だって、昨日そう決めたから。

けれど、どう返事したらいいのかわからない。仕方なく、黙って自分の部屋へ行く。しばらくゲームをして、お腹がすいたから台所へ下りると、母がさっきと同じ姿勢
――テーブルに座り、うつむいて静かに泣いていた。

母の涙に、朔馬はショックを受けた。泣いたところなんて、一度も見たことがない。そんなに……泣くほどケーキ屋に行きたかったのか。というか、俺を連れていきたかったのか。

理由を訊きたかったが、勇気がなくて、またそのまま部屋に戻った。何も食べずに寝てしまう。

次の朝、何食わぬ顔で母に言う。

「気が変わった。ケーキ屋に行ってもいいよ」

母はとても喜んだ。昨日泣いたことなんて、まったく感じさせずに。

今までもあんなふうに泣いていたんだろうな、と思うと、朔馬も泣きたかった。でも涙は出ない。泣けた方がいいのか、それともみっともないことなのか、よくわからないのだ。

次の日の午前中、朔馬と母はキャロットケーキのあるカフェに向かっていた。

家の外に出るのは何日ぶりだろう。ちょっと緊張する。みんなが自分を見ている気がする。

カー！

やたら大きい鳴き声がする。見上げると、カラスが電柱《でんちゅう》のてっぺんにいた。同じのじゃないよな……。こっちを見下ろしているので、一応手だけ振っておく。

「うわあ、おっきいね」

母がそう言うと、カラスは飛び去ってしまった。確かに羽を広げると大きい。あんなに大きかったかな？　わかんないな。

カフェの方は、思ったよりも小さかった。女子受けはしそうだな。これもよくわかんないんだけど。

「かわいいでしょ？」

白い壁と窓辺のカーテンは、確かにそんな感じだ。

「入ろ入ろ」

母が先に立って中に入る。ドアは開いていた。

「いらっしゃいませー」

男の人の声が聞こえる。かわいいから、女の人がやっている店かと思った。ちょっとびっくり。

「こんにちは」

「あ、昨日いらした方ですね、またいらしていただいてありがとうございます」

どこから声がしているんだろう。店内を見回すと、カウンター席に囲まれたオープンキッチンに台があって、その上になぜかぬいぐるみが置いてあった。薄ピンク色のぶたのぬいぐるみで、大きさはバレーボールくらい。突き出た鼻とビーズの点目。大きな耳の右側がそっくり返っている。

人はいない。どうしてぬいぐるみだけあるの？

「お好きなところにお座りください」

声は、そのぬいぐるみから出ているようだった。そうか。スマートスピーカーだな。店番《みせばん》ロボットみたいなものだ、多分。

「キャロットケーキ、今日もありますか？」

端っこに座り、母がぬいぐるみに対して声をかける。

「ありますよ」

「朔馬はそれでいい？」

うなずくと、

「他のケーキは何でしょう？」

「今日はミンスパイですね。ドライフルーツのパイです」

「あ、クリスマスのお菓子、ですよね？」

「そうです。季節外《きせつはず》れですけど、いろいろ作ってみたくて」

「じゃあ、わたしはそれをお願いします。飲み物は紅茶でいい？」

ケーキを食べる時は、家でも紅茶を飲むから、朔馬はうなずく。

「温かい紅茶を二つください」

「はい、わかりました」

ぬいぐるみはちゃんと動いていた。特に鼻は、声が出るたびにもくもくっとうごめくのだ。よくできてるなあ、と感心したら、さらに激しく動き始めた。カウンターの中（つまり厨房）をあっち行ったりこっち行ったりしている。なんでこんなことする必要があるんだろう。注文を聞いたら、裏で誰かが準備してケーキが出てくるんでしょ？　ぬいぐるみが動く必然性《ひつぜんせい》なんてなくね？

と思ってよく見たら、ぬいぐるみは手も動かしていた。え、なんで？　しかもただ動いているんじゃない。紅茶のカップを用意したり、ケーキを切ったりしていた。えっ、えっ、あのひづめみたいな小さな手で、どうやってナイフ持ってるの？

ポットに茶葉を入れて、やかんのお湯を注いでいるし。危なくない？　ガスの火じゃぬいぐるみが燃えるだろ!?　いやそれより、やかんすごく重そうなんだけど……けっこう大きい。

結局、他に人は出てこなかった。ぬいぐるみだけでお湯を沸かし、紅茶をいれて、ケーキを皿に盛った。厨房の中は、小さなぬいぐるみが動きやすいように、台やら手すりやらが設《しつら》えてあった。ここは、ぬいぐるみのケーキ屋なの？　まさか、あのキャロットケーキも、このぬいぐるみが作ってるの？　さすがに作るところまでは見てないから——。

その時、はっと気づく。母はこれを、知っていたのか？

母を見ると、少し照《て》れたように笑った。もしかして、このぬいぐるみを見せたかったの？

「はい、お待たせしました〜」

　母と朔馬の前にキャロットケーキとミンスパイが置かれる。ミンスパイって知らない。ドライフルーツのパイだってぬいぐるみは言っていた。小さくて丸いパイの上には、星形の生地が載っていて、見た目はとてもかわいい。

「食べる？」

　母が言うので、一口食べさせてもらう。中に入っているのはレーズンとカシスかな？　甘酸っぱくてパイ生地はサクサクだった。すごくシンプルなパイだけど、中のドライフルーツがおいしい。

「ミンスってなんの意味？」

　母にたずねると、「え……」と戸惑ったような表情になって、ぬいぐるみを見た。

「最初は肉が入っていたようですよ」

　ぬいぐるみが説明してくれる。よく聞いたら、けっこういい声。父よりも渋い。ぬいぐるみに歳があるのかどうか知らないけど。

「中のドライフルーツのことを『ミンスミート』って言うんですけど、それは元々ひき肉が入っていたからなんだそうです。『ミンチ』の語源《ごげん》なんですって。それがいつの間にか肉が入らなくなって、今の形になっていったようです。うちは入れてませんが、レシピの中には牛脂《ぎゅうし》を入れたりするのもあるんです。昔の名残ですかね」

「へー」

母が感心したような声を上げる。そうなんだ。元はミートパイみたいなやつだったんだ。面白いな、ケーキの歴史って。

「このキャロットケーキも、元はにんじんの甘みだけで作られていたんですよね？」

「そうですね、砂糖が高価だった頃、イギリスで考案《こうあん》されたケーキです。今は砂糖も使ってますけど、そんなには入れてなくて、基本的にはにんじんの甘みが味の決め手ですね」

それなのに野菜が入っているなんて全然わからない。なんで他のはあまり好きになれないんだろう？

そんなことを考えていたら、

「この子、このキャロットケーキが好きなんです。ね？」

突然母から振られて、何を言えばいいのかわからず、黙ってうなずく。とっさに何も言えないってほんとくやしい。でも、どうしたらいいのかもわからない。

「ありがとうございます」

そう言って、ぬいぐるみは身体を二つ折りにした。つまり、お辞儀をしたってこと？

「いえ……おいしいから」

やっとこれだけ言えた。

あとは紅茶を飲み、ケーキを食べた。母は楽しそうにぬいぐるみと話をしている。お客さんが少しずつ入ってきた。朔馬は、ちょっと緊張する。こんな時間、こんなところにいていいのかな、と思ってしまって。

「それじゃ、また来ますね」

母の言葉を合図に朔馬は立ち上がり、ペコリと頭を下げた。

帰る時、入り口までぬいぐるみが見送ってくれた。すると、店の向かい側にある低い電線に、カラスがとまっていた。カラス……もしや、あいつ？

カラスはぬいぐるみをじっと見つめている。ぬいぐるみも、点目でカラスを見つめ返しているように見えた。

すごく真剣なまなざしだと感じた朔馬は、またはっとする。ぬいぐるみ、もしかしてカラスと通じ合ってる？　心で会話してる？

　できて当然だろ、と思う。だってぬいぐるみなのにケーキ作って、店をやってるんだもん。こんな不思議な存在はない。他に何ができるのかは知らないが、動物と話すことなんてお手の物だろう。

　と言っても、別にカラスの気持ちを知りたいわけではない。あ、よく見るカラスがみんな同じやつなのか、というのはちょっと知りたいけど——やっぱり知ったからって何？

　カラスが翼《つばさ》とくちばしを広げた。その姿を見て、朔馬はギョッとする。

　このカラス、ぬいぐるみをくわえて持っていける！　それくらい、大きい。

　とっさに朔馬は、ぬいぐるみの前に身体を乗り出した。さりげないつもりだったが、どうなんだろうか。ギクシャクしていたかな？

　カラスはそのまま飛び去ってしまう。まあ、いいか。こっちの意図なんて、カラスにもぬいぐるみにも、誰にもわかっていないだろうし。

　母はおみやげにプリンを買っていた。

「夕飯《ゆうはん》の時に食べようね」

父の分もある。プリンなら好きなのだ。でも、いつも父は仕事で遅い。少しの時間で、いろいろ変わってしまったな、と朔馬は思うのだ。

次の日、またカラスの声で目が覚めた。いったい何がしたいんだろうか、あいつは。

階下に下りると、家には誰もいなかった。

父も母も仕事だ。冷蔵庫を開けると、父のプリンはなくなっていた。夕べ遅くに食べたんだ。ちょっとほっとする。

食欲がなくて、ごはんをあっためる気力もない。母がいれば「食べろ」と言われるので食べる。でも誰もいないと、食べなくてもいいやってなってしまう。

もう一回、寝ようかな……でも、眠くない。じゃあ、何しようか？

その時突然、「あのぬいぐるみの店に行ってみようか」と思った。

なんで？　一人で外にはずっと出ていない。たまに母に連れ出されるだけだし、それだって昨日は久しぶりだったのだ。

多分、理由はカラスだ。昨日から気にしないようにしていたけど、どうしても気になる。あのぬいぐるみは、カラスと会話したんだろうか。心が通じ合ったのか。ぬいぐるみに心があるかどうかは別として。

どうしてカラスが自分につきまとっているのか、ちょっとだけ知りたいとは考えているのだ。

どうしようかな。場所はもちろん憶えている。お金も、おこづかいを全然使っていないので、ケーキとお茶を飲むくらいまったく大丈夫。

外に出るのが、いやというか怖いというか——陰山直汰《かげやまなおた》にさえ出会わなければ、いいんだけど。いや、それだけじゃないな。取り巻きの奴らもいた。でもあいつらはここら辺の子じゃない。

けど、午前中なら——母だって昨日、そう考えて連れ出してくれたんだろう。普通は学校に行っているはずだ。ぱっと行って、ぱっと帰ってくればきっと大丈夫。

朔馬は、意を決して出かけた。帽子を目深《まぶか》にかぶり、うつむいて歩いた。

ぬいぐるみの店は、今朝もお客が誰もいなかった。開いたばかりなのかもしれない。昨日、母が開店時間を訊いていたように思うが、よく憶えていなかった。

朔馬が店に入ると、

「いらっしゃいませー、あっ」

すぐ気づいたようだった。

「お一人ですか？」

「……はい」

小さな声で返事をする。

「お好きな席どうぞ」

と言われて、昨日と同じ席に座る。すみっこが好きだ。

「今日はキャロットケーキないんです」

「え……」

思わず絶句《ぜっく》してしまうが、本音はそんなに残念でもない。他のも食べてみたいという気持ちがあったからだ。

「今日はバナナブレッドとレモンメレンゲパイです」

それもおいしそうだが、朔馬は厨房の棚《たな》に置いてある瓶《びん》に目を留めた。

「あの……」

そう言って指さす。

「なんでしょう？」

「あれ、マーマレードですか？」

鮮やかなオレンジの瓶。

「あ、そうです。甘夏《あまなつ》で作ったマーマレードです」

「甘夏……？」

「最近はあまり見かけないから、食べたことないですかね。甘夏みかんのことです。皮が厚めで、苦味がちょっとあるんですが、その苦味がマーマレードにするとおいしいんですよ」

マーマレードは大好きだ。甘いものが苦手で、ジャムもあまり食べない父だが、マーマレードだけは好きで、その影響で朔馬も好きになった。甘夏は知らないけど、マーマレードの苦味は嫌いじゃない。

「あれは、どのメニューだと食べられるんですか？」

「じゃあ、スコーンにつけたらどうでしょう。いちごジャムの代わりに」

スコーン……朝食にぴったりな気がした。

「じゃあ、それで……」

「はい。飲み物は？」

「……昨日の紅茶で」

「ハウスブレンドですね。お待ちください」

カチャカチャと食器の触れ合う音のみが店の中に響く。音楽もかかっていない。とても静かだ。ぬいぐるみの動きを見ているしかないが、やっぱりやかんが怖い……。あまりにも熱いと、触れただけで燃えないだろうか。

「はい、クリームティーです」

「クリームティー？」

何それ。

「スコーンとお茶の組み合わせを『クリームティー』って言うんですよ」

へー、そうなんだ。

スコーンには山盛りのクロテッドクリーム（これは知ってる）とマーマレードがついていた。二つに割って、まずマーマレードをつけて食べてみる。

「あ、おいしい……」

思わず声が出てしまう。市販《しはん》のマーマレードより苦味が強く、甘さも控えめだけど、すごく香りがいい。少しホロホロしたスコーンと一緒に食べると、甘さと苦味がよりさわやかに感じられる。

父に「お前はきっと酒飲みになるぞ」とよく言われる。

「普通、中学生は苦いものなんか嫌いだからな」

全部好きなわけじゃない。でも、ゴーヤは好きだな。

クロテッドクリームとマーマレードを一緒に食べると、なんか別物だった。スコーンじゃなくて、こういうお菓子みたい。新しいケーキを食べているみたいな気分だ。

このマーマレードの苦味と紅茶の渋みの組み合わせってどうなんだろう、と思ったが、酸味と甘みがより際立って、とてもおいしい。紅茶のことはまだよくわからないけど。

「あの……」

夢中でスコーンを食べていてすっかり忘れていた。ぬいぐるみに質問があることを。

誰もいないうちに言わなきゃ。

「あの、訊きたいことがあるんです」

よし、ちゃんとしゃべれてる。

「なんですか?」

「昨日、僕たちが帰る時にカラスがいたこと憶えてますか?」

「ああ、いましたね。大きいカラス」

ぬいぐるみなんて軽々くわえられそうな。

「あの……先に『変なこと訊いてすみません』って言っときますけど」

誰もいないうちに！

「なんでもどうぞ」

「カラスと見つめ合ってましたけど、何か話してたんですか？」

ぬいぐるみは点目で朔馬を見つめていた。何を考えているかわからない目だ。

やがて、彼は言う。

「……カラスとは、特に何も話してないですよ」

「えっ」

すごく驚いてしまう。

「てっきり見つめ合ってるから、心が通じ合っているかと……」

「僕はただのぬいぐるみですから。それ以上の能力はないですよ」

なんかすごいこと言われた。反論《はんろん》できない。「そんなことないですよ」とかも言えない。だいたい「ぬいぐるみの能力」の基本がわからない。

「カラスが何思ってるのか、気になるんですか？」

ためらったのち、朔馬はうなずく。

「どうして？」

「なんか……ついてくるんです」

「カラスが？」

「はい」

「怖いの？」

「いや、別に怖くはないです」

たびたびびっくりはするけど。

「なんでついてくるのか、理由はわかる？」

朔馬はきっかけになった出来事を話した。

「なるほど、くちばしがひっかかったのをはずしてくれたから、恩返《おんがえ》しのつもりかもしれませんね」

「けど、同じカラスかどうかわからないし……」

「まあ、それは確かに。でも、カラスはとても頭がいいんですよ」

「そうなんですか？」

「記憶《きおく》が世代間《せだいかん》でも伝達《でんたつ》されるんじゃないかって言われていて」

どういうこと？　朔馬は首を傾げる。

「つまり、親の記憶が子供にも引き継がれる可能性があるんですって。『お父さんはあの人間に親切にしてもらったから、子供のお前もそれを忘れるんじゃないよ』っていうのがあるんじゃないかって言われているんです」

「へーっ」

賢いんだー。

「だから、同じカラスかどうかはわからなくても、ついてくる理由は同じかもしれないですね」

「でも……そんな恩返しされてても……」

まあ、恩返しかどうかはカラスじゃないとわからないけど。でも実は、そうなのかな、とちょっと思っていたのだ。そして、恩返しだけじゃない別の理由があるのかも、と考えてもいた。

「あの……そのくちばしひっかかってたの助けた日から、僕学校行ってなくて」

ついそんなことを打ち明けてしまった。

ずっと誰かに聞いてもらいたかった。でも、うまく言えなかったというか……言えていなかった。大したことじゃないけど。

あの日、カラスを助けたあと、陰山直汰と会ってしまったのだ。

直汰は、元々幼《おさな》なじみで、ずっと近所の公立小学校に一緒に通っていた。クラスは同じになったり別になったりしたが、二クラスしかないから組み合わせでしかない。まんべんなく顔見知りになる。

小学校の時はけっこう仲がよかった。家も近所だったし、母親同士も友だちだった。同じ私立中学に受かって、朔馬は心強かった。とりあえずぼっちにはならないな、と。ところが、中学生になってから直汰は変わってしまった。というか、突然朔馬をいじめるようになったのだ。

理由はわからない。朔馬と直汰は同じクラスになったが、彼には早々に友だちが二人できた。その新しい友だちが、直汰と朔馬を引き離そうとしていたというのもある。なんでそんなことをするのか朔馬にはさっぱりわからなかったが、いじめられなければそれはそれでしょうがない、と思ったはずだ。

いじめは、悪口を言ったり、無視したり、靴を隠したり、プリントを隠したり――テンプレなものばかりだが、積み重なるとてもストレスになるものばかりだった。

朔馬は迷ったが、母にいじめのことを打ち明けた。母はすぐに担任《たんにん》の先生へ訴《うった》えたが、なんの対応もしてくれなかった。何度もいじめの内容を報告したし、学年主任《しゅにん》にも話を持っていったが、「いやならやめてもらっても」みたいなことまで言われた。

母は直汰の家まで行って、親と話し合おうとしたが、友だちだったはずの直汰の母親はいなかった。卒業式には会ったはずなのに――。父親とも連絡が取れない。「避《さ》けられてるみたい」と母は言っていた。

いじめのきっかけはわからない。悪口は主に、「ケーキが好きなんて、女々《めめ》しい」みたいなことで――そんなこと、小学生の頃からそうだったし、その頃はそんな悪口は言われなかった。ケーキ好きなクラスの女子と仲良くなったのも気に食わなかったのかもしれない。

どちらにしてもいじめる方の理由なんて、実はなんでもいいのだ。いじめたいからいじめるのであり、いじめられる時にいじめるだけ。両親にそう言われたが、納得できるものではない。

直汰は近所で朔馬に出くわすと威嚇《いかく》するようになった。自分の視界に入るのを許せないようで——朔馬は、彼に会わないよう朝早くの電車に乗るため、いつも早起きしていた。教室には行けなくて、保健室にいたのだけれど。

両親は「公立に転校してもいい」と言ってくれた。あんなに受験がんばったのに……。父は、この春からとても忙しい部署に移った。学費を稼ぐためなんだろうか。母もほとんどフルタイムで働いている。

「私立ならこういうことにならないと思ってたのに……」

とみんなで泣いた。だから、できるだけがんばるつもりだった。いじめの時にこんな対応されるってわかっていたなら、あんな学校選ばなかったのに。

でも、あの朝、カラスを助けたことで遅くなって、直汰と駅で鉢合《はちあ》わせをしてしまい、殴られそうになったのであわてて逃げて——そのまま家に帰ってしまった。以来、学校には行けていない。

しばらくカラスのことを恨《うら》んでいたのだ。あの時、カラスを助けなかったら、とどうしても思ってしまう。なのに、カラスは毎朝起こしに来る。憎《にく》らしくて怒鳴《どな》りたくても、そんな気力もない。

けど、誰も助けてくれなくてもがいているカラスが――厄介者《やっかいもの》と言われているカラスが、「学校に迷惑をかける生徒」と見なされた自分に、一瞬だけ重なってしまったのだ。

それをカラスに説明したい――って変だけど、そんな恩返しのつもりだったら、別にいいんだよって言いたい。ただの気まぐれだったんだから。

「そうだったんですか。つらかったですね。今は気分は落ち着いてるの？」

「まあ……なんとか」

学校のことを思うと気が重い。先生の対応がひどくて、もう行きたくないけど、たくさんお金を使わせてしまったから……もったいなくて、親に悪いと思ってしまう。

「今日は一人で外出したわけだけど、どれくらいの頻度《ひんど》で出かけたりしているんですか？」

「今日が初めてです。一人の外出は」

母とはたまに……直汰と出くわすのが怖いから、時間帯を見計《みはか》らって、すぐに帰るようにしている。父とは、休みの日に一緒に勉強をしている。

「そうなんですか。そんなに昨日のカラスのことが気になっていたんですね」

「すみません……」

なんだかただのわがままを言ってるだけだな……。もうちょっと自分が我慢できていたら、学校にも通えていたんだろうか。

「どうしたらいいと思います？」

「そうですねえ……」

ぬいぐるみは、ぷにぷにと鼻を押している。考え込んでいるようだ。つぶれないの、鼻……。

「まあ、ご両親の言うとおり、別の学校に行ってもいいんじゃないかと思いますよ」

「でも……あんなにがんばったのに」

「そうですね。それは残念ですよね。私立に行って、勉強はどうでした？ ついていけた？」

「はい」

受験勉強をして、少し自信はついた。まあ、入ってすぐに行かなくなったから、本当についていけたかはわかんないんだけど。

「ご両親は、あなたに楽しく学校に行ってもらいたかったから私立を選んだけど、そこは思ったような学校ではなかった。だから別の学校に行けば、と言っただけで、それは至極真《しごくま》っ当《とう》なことですよ。お金かかったから我慢して私立に行けなんて言う親御《おやご》さんじゃないんだから、言うこと聞いて大丈夫。あなたもすぐ相談してよかった」

「けど、公立でも同じことがあったら……」

「失礼ですけど、住んでる町名を教えてもらえます？」

朔馬が答えると、

「そこだと中央中《ちゅうおう》でしょ？」

「はい」

いくつかの中学が合併《がっぺい》してできた新しい公立中なのだ。

「うちの娘が行ってますけど、いい先生もいるようですよ」

うちの……娘？

「子供いるんですか⁉」

大声を出してしまう。自分でもびっくりした。こんな大きな声、しばらく出してない。

「いますよ、二人。上はあなたと同じ中一です」

ええええ……朔馬は、本気で言葉を失った。

「学校に挫折《ざせつ》すると、すっごいしくじりをしたって思っちゃうと思うんですけど」

朔馬の反応は特に気にせず、ぬいぐるみは話を続ける。

「実際はささいな失敗なんですよ。学校は他にも行くところがあるんですから。これから先の方が、ずっとたくさん大変なことがある。あなたには、ちゃんとそれを相談できる分別《ふんべつ》があるし、聞いてくれる人もいるんだから」

短い両手を広げてそんなことを言った。聞いているうちに、朔馬の気持ちは落ち着いてくる。

自分よりもずっと小さなぬいぐるみは、きっとたくさん苦労してこの店を開いたに違いない。だってぬいぐるみなんだもん。小学生より小さいのに。

と、よくわかりもしないのに思う。実は、ぬいぐるみの言ったことはよくわからなかったけど、これまで自分のやったことはそれほど間違ってはいなかった、というのだけはちょっとわかった。ずっと、何をやったら、何を言ったらいいのか、全然わからなくなっていたからそれに安心したのだ。

まだモヤモヤしていたけど、何を決めたらいいのかは見えてきた気がした。

その後、二学期から公立中に通うことになった。

いじめた方が堂々と学校に通って、いじめられた方が逃げ出さなきゃならないなんて、本当は理不尽《りふじん》なのだけど、今の段階で選べるのはこれしかなさそうだった。直汰の両親とは、いまだ連絡も取れないし。

朔馬は、ぶたぶた（ぬいぐるみの名前だ）の店で、お菓子作りを教えてもらっていた。キャロットケーキはもう上手に作れる。最近凝《こ》っているのは、パンプキンプリン作りだ。

「これからかぼちゃは旬《しゅん》だからね。おいしく作れるよ」

レシピがいいんだろうけど、自分で作ると野菜スイーツもけっこう食べられる。だって残すのはなんだかもったいない。芋《いも》のお菓子は冬になったら教えてもらうつもりだ。

お菓子作り教室は、店が休みの日に開かれている。お店が狭《せま》いから、二、三人くらいで、いろんな年代の人がいて、みんなと仲良くなった。ケーキだけじゃなく、ビスケットやショートブレッドやスコーンを焼いたり、フルーツなどを砂糖漬けにしたシロップを作ったり。このシロップのことを「コーディアル」と言って、それが店の名前になっていた。

朔馬はヒマなので、準備の手伝いなどもしていた。二人でよく買い物に行く。

カラスは今もたまに見かける。カラスの気持ちはわからないし、こっちの言い分を伝えるのもあきらめて、会えば挨拶をする。起こしに来ることはなくなって、朔馬が出かけた時にやってくるようになった。

なんで家を知っていたのか、と考えるとあとを尾《つ》けたとしか思えないのだが、あまり深くは考えないことにしている。いつも違うカラスかもしれないし。いまだに見分けがつかないのだ。こんなこと知られたら、怒られそうだけど。

そんなある日。梅雨《つゆ》の晴れ間で、道に大きな水たまりができていた。裏道で、あまり人通りがない。

「持つよ」

朔馬はぶたぶたを持ち上げた。

「あ、悪いね」

このまま歩いたら濡《ぬ》れてしまう。ぬいぐるみだからね。

その時、前方の角から直汰が現れた。朔馬は固まってしまう。避けに避けていたから、ずっと出くわさないですんでいたのに。

いや、それが今まで奇跡《きせき》だったのだ。近所なんだから、いつでもこうなる可能性があった。それに怯《おび》えたくなくて、忘れようとしていただけだったのだ。

直汰は一人ではなかった。学校帰りらしく、例の取り巻きを二人連れていた。

「お、ヘタレじゃーん」

保健室登校をし始めて以来、直汰は朔馬のことをそう呼んでいた。昔は名前で呼び合っていたのに。

「今度はぬいぐるみ抱えて。さらに女々しくなったみたいだな」

「おままごとでちゅか〜」

「ヘタレにはお似合いだよなあ〜」

などと三人は言う。

「大丈夫？」

とぶたぶたが小声で言う。朔馬はうなずいた。直汰と会ったらどれだけ怖いのか、と考えていたが、不思議とあまり怖くなかった。同じクラスで仲のよかったケーキ好きな女子から、彼のことを最近聞いたからだろうか。

直汰の成績は、今さんざんなのだそうだ。それでさらに荒《あ》れているという。あと、これは近所の噂好きなおばさんから聞いたことだが、彼の母親はずっと前に実家へ帰ってしまったらしい。父親もあまり家に帰ってこないとか。

そういうストレスを、朔馬をいじめることで解消《かいしょう》していたのかもしれない。許してはいないけど、なんだかとてもかわいそうにも思えた。彼は両親に頼りたくても頼れない。ましてや、そばにぶたぶたもいない。

そう考えると、今度は悲しくなってきた。そんなに周りに誰もいないなんて。朔馬には耐《た》えられない。

その気持ちが顔に出たのか、

「なんだよ、お前、変な顔して」

そんなにわかるものなんだろうか。

「この間は逃げたけど、今日は許さないからな」

そう、駅で最後に会った時、殴られそうになって朔馬は転んだのだ。駅が混んでいたのもあり、直汰は引いたが、朔馬はそれが恥ずかしくて家に帰ってしまった。思い出すと、胃がキュッとなり、後《あと》ずさる。

直汰が勢いよく走ってくる。まずい、逃げなきゃ。でも、足が動かない！

「ダメ！」

ぶたぶたの声が響く。その瞬間、直汰が倒れた。水たまりに勢いよく転がり込んだのだ。

　カラスが彼の上で羽ばたいていた。そして、

「カー！」

　とひと声鳴いて、電柱の上にとまる。

　直汰は呆然と水たまりの中で座っていた。身体はもちろんびしょ濡れで、カバンも水に浸《つ》かっている。

　カラスが、朔馬の後ろの方から直汰へ向かっていったのだ。そのまま頭をくちばしで攻撃するかと思ったら、ぶたぶたが「ダメ！」と言い――カラスはスレスレで避《よ》けた。

　直汰は何も言わずに立ち上がり、元来た道を引き返していった。走って。逃げるように。

　取り巻きはあわてて追いかけていく。

　カラスはカーカー鳴いて、飛んでいってしまった。朔馬は呆然とそれを見送る。

「あいつ……助けてくれたの……？」

　ぶたぶたにたずねると、鼻をぷにぷにしながら、こう答えた。

「さあ、それはどうだろうね。カラスの気持ちは僕たちにはわからない。それに、『ダ

メ！』って言わなくても、脅すつもりでしかなかったのかもね」

カラスはあの日、駅での出来事を見ていたのかな、とずっと考えていた。でもそれは、妄想のしすぎなんだろうか。ぶたぶたがカラスとしゃべれるって思うのと同じくらい。

朔馬は何もしなかったけれど、なんだかちょっとだけ仕返しができた気がした。本当は自滅《じめつ》なんだけれど——多分そんな姿を朔馬に見せたことは、彼にとって一番の屈辱《くつじょく》だったはずだ。許してないけど、モヤモヤは消えていた。このあと、直汰はどうするんだろう。

けどそれはもう、朔馬には関係ないことだ。

今度カラスに会ったら、一応お礼を言っておこう。そして、もう少しよく観察をして、見分けられるようにしたい。

そうしないとカラス怖い……。くちばし、鋭《するど》い……。

「もうそろそろ下ろしてもいいよ」

あっ、ずっとぶたぶたを抱えたままだった。でも、これはこれで落ち着く。

ちょっと毛羽立《けばだ》ったぶたぶたの毛並みが、なんだかなつかしいと朔馬は思いながら、彼をそっと下ろした。

心からの

竹本公美恵《たけもとくみえ》は、車を走らせていた。

山の中の慣れない道で、果たしてこっちでいいのかと少し疑ってしまうが、一応カーナビを信じるしかない。

普段だったらこんなところへは来ない。こんな山の中になんて。スギ花粉《かふん》が舞《ま》っていそうなところへは。

それでも来る気になったのは、まさにその花粉のせいでもあった。

公美恵は花粉症になってまだ数年。ありとあらゆる対症療法《たいしょうりょうほう》を試してきた。スギとヒノキだから、二月後半から五月くらいまで、みっちりつらい。くしゃみ、鼻水、鼻づまり、目のかゆさ、喉《のど》のいがらっぽさ――毎日どんよりとするばかり。

もちろん病院にも行っているけれど、薬は眠くなってしまうし、合わない治療法も多い。マスクやサングラスやのど飴《あめ》でやり過ごすしかない時もある。コンタクトレンズもこの時期使えないし、ほんとに不便だ。元々活動的ってわけでもないし、もう更年期《こうねんき》に入ってもおかしくない歳だから、体調もいま一つで用事はたまるばかりなのに……。

とはいえ、今年もやっと五月になった。そろそろ闘《たたか》いは終わりを迎える。なんでこの季節……もっと早くにはならないのか、と思いつつ、目的の農場《のうじょう》へ向かっていた。

もっと早くならないのか、というのは、花粉症のことではなく、ある花が咲く時期のことだ。山に行かなくても咲いているのかもしれないが、公美恵は知らない。だから、重装備《じゅうそうび》で車を運転していた。メガネの上からサングラスも兼《か》ねたゴーグル、マスク、帽子《ぼうし》、花粉がつかないつるつる素材の服とストール——傍から見ると、ただの怪《あや》しい人だ。

いくらか楽なのは、ちょっと曇って湿《しめ》っている天気だからだが、雨が降ってから晴れるとつらい。このまうっとうしい天気が続けばいいのに、と勝手なことを考えてしまう。この季節を心から楽しめる人がうらやましい……昔に戻りたい……。

そうこうしているうちに、目的地というか、目指す農場の看板が見えた。「池辺《いけべ》農園」。ここか。よかった、迷わなくて。って、ほぼ一本道だったんだけどね。

車をさらに進めると、駐車場と家屋や倉庫などが見えてきた。適当に停《と》めていいのかな……。とりあえず、あいているところに駐車する。

家屋のインターホンを押すと、子供を抱いた女性が出てきて、公美恵の出《い》で立《た》ちにギョッとした顔になる。

「すみません、ご連絡した竹本です。花粉症なんです」

一応言っておく。

「ああ、エルダーの予約の方ですね」

「はい」

「夫が裏の倉庫で準備していますんで、そちらにどうぞ」

女性についていく。子供は三歳くらいかしら。ちょっと公美恵に怖気づいているようだが、仕方ない。むき出しの肌がうらやましい。花粉症じゃなくてよかったね。

裏の倉庫では、男性が一人、鍋を前にして立っていた。

「予約の竹本さん」

「あ、どうも、いらっしゃいませ。この農園を経営してます池辺です」

「おはようございます、今日はよろしくお願いします」

実はまだ午前中なのだ。

「すみません、今日は一人ゲストがいらしてまして。ご一緒していただいてもかまいませんか？」

ゲスト？　どういう状況かよくわからないけど、

「いいですよ」

と答える。

「よかった。ありがとうございます」

「申し訳ありません、お邪魔します」

違った男性の声がした。三十代くらいに見える池辺よりも年上っぽい声。声がだいぶ下から聞こえたので何気なく視線を落とすと、そこにはぶたのぬいぐるみが。桜色の身体はバレーボールくらいの大きさだった。突き出た鼻に黒ビーズの点目。右側の耳はそっくり返っている。

いったいいつから置いてあった？　気づかなかった。

「山崎ぶたぶたと申します。よろしくお願いします」

ぬいぐるみの鼻がもくもくっと動くと、そんな言葉が聞こえた。

「え、ぬいぐるみ……が、しゃべってる……？」

思わず言ってしまう。口は開いていないのに。というか、見えないんだけど。

「あ、はい、ぬいぐるみです」

意外な返事が。認めた。認めたよ、このぬいぐるみ。

「……っ⁉」

声にならない声を出し、池辺を見る。

「山崎さんは、よくここを利用してくださってて」

池辺が、困ったような声で言う。

「利用？　ぬいぐるみが農園を？　なぜ？」

思ったことが口から勝手にあふれる。

「コーディアルの材料をいつもこちらで調達《ちょうたつ》させてもらっているんです」

山崎ぶたぶたと名乗ったぬいぐるみが言う。そうとしか見えない。

「コーディアル？」

「今日、竹本さんは、エルダーフラワーのシロップ作り体験に申し込まれましたよね？」

池辺が言う。

「はい」

郵便受《ゆうびんう》けに入っていた市報《しほう》にこの講座のことが書いてあったのだ。「花粉症に効果《こうか》がある」って書かれていたから、申し込んだ。

「そのシロップのことを、イギリスでは『コーディアル』っていうんです」

「そうなんですか」

「『コーディアル』というのは『シロップ』という意味なので、他にもいろいろ種類があるんです」

ぬいぐるみのぶたぶたが言う。公美恵はちょっと怯《ひる》む。

「果物やハーブや花やスパイスを漬け込んだものならなんでもコーディアルというんです。昔はアルコールに漬けていたりもしたので、梅酒《うめしゅ》なんかもイギリスでならコーディアルの一種になるでしょう」

短い手（ひづめ部分に濃いピンク色の布が張ってある）を振り回して訴える仕草《しぐさ》は、ぬいぐるみだけあってけっこうかわいい、しかし、公美恵は頭がぼーっとしてくるのを感じていた。

「……果実酒や果物のシロップは基本的にコーディアルっていうんですか？」

「そうです。そのコーディアルの材料をここでいつも調達させてもらってるんです。今回はエルダーフラワーを」

　エルダーフラワーとは、日本ではセイヨウニワトコと呼ばれる。白い花を咲かせる低《てい》木《ぼく》で、花を砂糖漬けにしたシロップを水などで割って飲むと、花粉症や風邪《かぜ》などに効くという。ちょっと調べた。

　何しろ花粉症がひどいせいか、体調が優《すぐ》れない毎日なのだ。さっき「ぬいぐるみがしゃべってる」なんて不躾《ぶしつけ》なことを言ってしまったのは、それでイライラしていたせいかもしれない。

　エルダーフラワーが効くかどうかはわからない。ただ、なんでもいいから楽になりたいと思って公美恵はここに来た。そしたら、目の前にしゃべるぬいぐるみが現れて、体調はさらに悪化《あっか》したような気分になる……。具体的には鼻づまりがひどくなったような。だから、頭がぼーっとしているのか。目の前の光景が現実とはとても思えないが、それを分析したりとかツッコんだりとか質問したりとか、そこまで頭が回らないのだ。それに割く体力が、今の公美恵にはない。

　せっかくここまで来て何もしないで帰るのももったいないし、しょうがない、受け入れるというか、とにかくこのままそのコーディアルとかいうやつを作ってから帰りたい。

今いろいろ考えるのは、負担がかかりすぎる。

「池辺さんのところのセイヨウニワトコに花がたくさん咲くようになったので、今年から使わせてもらうんです」

はあ、そうなんだ、ぐらいに思っておこう。

「お鍋持参《じさん》なさったんですよね？」

突然、池辺に訊かれてあわてる。

「は、はい」

小脇に抱えている鍋を見せる。密封《みっぷう》できる蓋《ふた》付き。

「じゃ、お預《あず》かりして——ではどうぞ。ご案内します」

池辺が脚立《きゃたつ》を持って、先に歩き出す。

「どうぞ」

ぶたぶたはそう言って、「お先に」と手を差し出す。やはりひづめだ。かなり柔らかそうだが。

「あ、いえ、どうぞ」

なんとか冷静な声が出た。ぶたぶたはしつこく譲ることはなく、先に立って歩き出した。けっこう速い。ちゃんと池辺についていく。公美恵は、短いしっぽをさらに結んでいるなあ、などと思いながら、あとを歩く。マスクとストールもし直して。

　農園は広かった。畑は広大で、ビニールハウスもいくつもある。作物は主に野菜で、果物は自宅で食べたり近隣に配ったり、無人販売に置いたり、小学校の収穫《しゅうかく》体験などではけてしまうという。

　エルダーフラワーは、畑が途切《とぎ》れて山に接したあたりに生《は》えていた。低木と聞いたが、公美恵の背丈《せたけ》以上はある。ただ、花は充分収穫できる高さにあった。その周辺には、バラやラベンダーやハーブなどが植えられている。

　色とりどりのバラなどと比べると、エルダーフラワーは少しクリームがかった白色で、緑にとても映える。金木犀《きんもくせい》と同じくらいの可憐《かれん》な小さな花が肩を寄せ合うようにまとまっていた。

　周辺にはいい香りが漂っている。マスカットみたい——って確か本にも書いてあった。これがエルダーフラワーの香り？　他の花の香りも混ざっているのかな？

「薬草園《やくそうえん》って感じですよね」

　ぶたぶたが言う。

「ちょっとあこがれます」

「外国のお城の端っこにあるハーブ畑みたいなイメージを目指してるんですが、山がどうしても日本で。植物ってやっぱり全然違いますよねー」

と池辺が照れたように言う。

「エルダーの花、好きなだけ持ってってください」

「いいんですか？」

そんな……気前よすぎる。

「もちろんです。そのままにしておいても散ってしまうだけですし」

「でも、どれくらいの量がいいのかわからないんですけど」

「あ、そうでしたね。あの鍋だと、これくらいかな」

と池辺が枝を切ってくれる。

「枝から花をはずしましょう。このボウルがいっぱいになるくらいでちょうどいいと思います」

ぶたぶたは豪快に枝を切っていた。そうか、池辺が持ってきた脚立は彼のためだったのか。

「僕はこれくらいでいいです」

「車で来てるんだから、もっと持っていってくださいよ」

車――まさか、運転できるの？　いや、連れがいるんだよね、多分。

「いやあ、鍋や場所にも限界があるんで」

「そうですよね。うちに置いといてもいいですよ」

「足りなくなったら、ここに買いに来ますよ」

「うちも売るほどは作らないんですよ。けっこう人気で、家族の人数も多いからすぐなくなっちゃう。僕はぶたぶたさんのコーディアルの方に興味あります」

「レシピは同じじゃないですか」

「そうですね～」

などと二人は楽しく会話をしている。公美恵は、鼻をズビズビさせながら、花を枝から丁寧に取る。

「こんなもんですか？」

池辺にたずねると、

「あ、いいですね。じゃあ、戻りましょう」

三人でまた倉庫に戻る。

ぶたぶたは、

「花を車に積んできますね」

と言って行ってしまった。ここからエルダーフラワーコーディアル作りだ。

「漬けておくのに少し時間がかかるだけで、実際の作業は簡単ですよ。まずは、花を軽く洗ってゴミや虫を取り除《のぞ》きます」

水道で花を洗い、鍋に水を入れ、ガス台に載せる。だいたい一・五リットルくらい。

「沸騰《ふっとう》したら、砂糖を一キロ程度入れます。もっと多くてもいいですけど、だいたい二キロくらいまで？」

「えええっ、そんなに入れるんですか⁉」

ちょっと多くない……？

「飲む時は水や炭酸水《たんさんすい》で薄めますから。あと、保存料を入れないので、多くすると保ちもよくなりますよ」

ああ、そうね……。仕方ないのか。

砂糖が完全に溶けたら、火を止める。池辺はきび砂糖を使っていた。

「エルダーの花、入れてください」

お湯に入れると、香りがさらに際立った。鼻つまってるけど、よくわかる。甘くてさわやかで、なんか落ち着く香り――効きそう、かどうかはわからないけど、気分はよくなりそうだ。アロマの効果はありそう。

「薬局で売ってるクエン酸《さん》と、そして、このレモン――」

不格好《ぶかっこう》で小さめなレモンだが、

「これもうちで作った無農薬《むのうやく》のレモンです。今朝の朝食用に採《と》ったものですよ。小さいから、これの皮を三個分くらい、ピーラーで細く削《けず》って、入れてください」

公美恵は言われたとおり、レモンの皮を入れる。果肉もスライスしていれてしまう。

「エルダーやレモンを入れるタイミングや量、火をどこで止めるかは、適当です」

えええー、とまた声が出そうになる。

「家庭のレシピなので、その家によって違うんです。ある程度煮出《にだ》す場合もあるし、先に花とレモンを漬けておくとか、砂糖はあとから入れるとか、いろいろあるんですよ。毎年作るのであれば、どの方法がいいか試すという手もあります」

そうなんだ……。来年も作るかどうか、今はわからないなあ。おいしいかどうかもわからないのに。

「沸いたお湯に砂糖を溶かして、そこに残りの材料を漬ける、というのが一番わかりやすいかな、と思いまして。砂糖水は熱いままでも、ちょっと冷《さ》めてからでも大丈夫みたいですよ」

「え、これで終わりなんですか？」

「そうです。これをしっかり混ぜて蓋《ふた》をして、二十四時間以上置いておきます。うちは丸二日置いて、あとは布巾《ふきん》か目の細かいザルでこして、煮沸消毒《しゃふつしょうどく》した容器に入れておきます。冷蔵保存だったら、一ヶ月くらいで飲みきってください。容器を小分けして、残りを冷凍しておくと長持ちしますよ」

そう言いながら、さっきからずっと置いてあった鍋の中身をこしていた。つまり、こっちは二日おいた池辺農園のできたてエルダーフラワーコーディアルというわけか。

「今準備しますので、飲んでいってください」

いつの間にかぶたぶたが戻ってきていて、我々のやりとりを見ていた。点目なので、何を考えているのかわからない。しかし、次にこんなことを言ったので、公美恵は仰《ぎょう》天《てん》した。

「あ、お菓子を作ってきたんですけど」

お菓子を「作ってきた」!?　ぬいぐるみが!?　どういうこと!?

しかし、すでに脚立に乗って花の枝を切っていたし――このぬいぐるみはなんでもできそう、とは思い始めていた。

「お菓子っていうか、チーズのスコーンなんですが。甘くない方がコーディアルに合うだろうから」

「ありがとうございます！」

池辺はいそいそと折りたたみの椅子《いす》を出す。

「竹本さん、どうぞどうぞ」

言われるまま座る。

池辺が他に椅子を用意している間に、先ほど会った奥さんと子供もやってくる。

「すみません、お邪魔します。エルダーのコーディアル、無事に作れました？」

「あ、はい」

「よかったです」

などと話しているうちに、エルダーフラワーコーディアルのソーダ割りが出てきた。

レモンと氷が浮かべられていて、とても涼し気だ。喉が渇《かわ》いていたから、うれしい。

テーブル代わりのコンテナの上に、紙にくるまれたひと口サイズのスコーンが置かれた。

「どうぞ。なんかこんな包み紙のままで申し訳ないですけど」

ぶたぶたが申し訳なさそうに言うが、スコーンはとてもおいしそうだった。彼は自分の分のスコーンを持って、椅子に飛び乗る。え、食べるの？　いや、作れるんだったら食べるだろうが……そういう問題じゃないのかな？　よくわからない。

首を傾げつつ、公美恵はエルダーフラワーのソーダを飲んでみる。あ、確かに甘い。でも、しつこい甘さではない。それより、花の香りがものすごく強い。できたてだからなのか、それとも花の特徴が強いのかはわからない。でも鼻に抜けていく芳香《ほうこう》が、ミントに負けず劣《おと》らず爽快感《そうかいかん》がある。

味も香りも甘い。そして、少し鼻が通った気がする。いやいや、これはプラセボだ。そんなに早く効くわけない。おいしくて、ちょっとストレスが減っただけ。でも、民間《みんかん》療法ってそれがなきゃ意味ない。効き目があるかないかわからないものでも、気分はよくならなきゃ。

「この甘さはやっぱりきび砂糖使ってるからなんですか？」

池辺にたずねる。

「そうですね。白砂糖とかより、甘みが柔らかい気がして、使ってるんですけど
これももしかしたらプラセボかもしれないけど、「優しい」って思うこともまた大切だよな、と公美恵は思う。

チーズスコーンは、香ばしくて生地がほろほろで、何もつけなくてもおいしかった。チーズの濃厚《のうこう》さと塩気と、さっぱりとした甘いソーダの相性《あいしょう》がばつぐんだ。子供も喜んで食べている。

ぶたぶたを見ると、スコーンを鼻の下に押しつけて、さくさくとかじっていた。まるでリスがくるみを食べているようだった。どんどん小さくなっていくスコーン。そして、片手にソーダのグラスも持っている。ストローで一気にすする。じゅーっとソーダが減っていくのが明らかにわかる。

どういう構造《こうぞう》なの？　本当にぬいぐるみ？　とツッコもうにも、頭はまだぼーっとしていた。

「ああ、池辺さんのコーディアルはおいしいですね」

ほぼ一気飲みをして、ぶたぶたはそう言う。

「クッキーでも焼いてこようかな、と思ったんですが、せっかくできたてのエルダーコーディアルがあるなら、しょっぱいものをと思いまして」

こんな気遣《きづか》いができるぬいぐるみがいる？

公美恵は、だんだん「ぬいぐるみ」とか考えるだけ無駄かな、という気分になってきた。そう考えるから、わけがわからなくなってくる。ここにいるのは「ぶたぶた」であって、ぬいぐるみではない、人間とかぬいぐるみとか関係ないんだ——と思っているうちに、だんだんと気持ちが楽になってくる。

もちろん、身体の具合が本当によくなったわけじゃないけど、この状況を違う視点で見るととても面白いと気づいたのだ。

今朝起きた時は、まさかこんな時間を過ごせるとは思ってもみなかった。いつも鼻や喉がもやもやして、頭もぼんやりしている毎日だったので。

さっき、不躾なことをぶたぶたに言ってしまって、公美恵は反省していた。謝《あやま》ろう、と思った時、

「じゃあ、僕はこれで失礼します」

そう言って、ぶたぶたは椅子から飛び降りた。

「すみません、せわしなくて」

「いえ、いつでも来てください」

「また来ます。ブルーベリーの時期に」

「待ってます」

「それじゃ！　竹本さんもお世話になりました！」

引き止めることもできずに、ぶたぶたは倉庫を出ていく。少しののち、一台の車が農園を走り出るのが見えたが——連れの人は結局姿を現さなかった。まさかね……ぶたぶたが運転してるなんて、まさかね。

「忙しいよね、ぶたぶたさんは」

そう言って、池辺一家は笑う。公美恵はちょっぴり後悔した。もう二度と会えそうにないし……謝れなかったのは残念だ。

鍋の粗熱《あらねつ》が取れてから、公美恵は家に帰った。参加費は、ほぼ砂糖とレモンの実費《じっぴ》くらいだった。

言われたとおりに煮沸消毒した容器に入れて、半分は冷凍保存する。

花粉症は秋にもブタクサがあるので（スギほどひどくないが）、その時期に飲もう、と思っていた。

思っていたのだが、夏にはもうすべてなくなっていた。

どういうこと!?

エルダーフラワーコーディアルは、家族にも好評で、一本目はすぐになくなってしまったのだ。薄めて飲むので、濃くも薄くもできる。カルピス感覚でどんどん飲まれて、気がついたら冷凍していたものも出されていて、いつの間にか全部なくなってしまったのだ。

花粉症に効くかはまだよくわからないが、風邪にはなんとなく効く気がする。鼻や喉がすっきりする。だから、秋を楽しみにしていたのに！　そんなふうに楽しみにするのも変だなと思うけど！

どうしよう……。もうエルダーフラワーは咲いていない。だが調べてみると、ドライのでもできるらしい。市販品もあるので、とりあえずそれを買って飲んでみたが、これがあまりおいしくなくて……。ちょっと悲しくなってしまった。ドライエルダーフラワーで作ってみようか、と考えたが、なんと子供たちに「飽きた」とか言われてしまう。

「別にそこまで効くものじゃないんだから、こだわらなくていいんじゃない？」

と夫にも言われて、なぜかその夜、お風呂で泣いてしまった。別にそんなにきついことを言われたわけでもないのに……。

なんだか最近、感情の起伏《きふく》が激しい。体調も悪くなる一方だ。これはもしかして更年期？　と思っていたが、病院には行っていない。なんとなく、という程度で、そんなにひどくはないという自覚がある。

でも、大したことがなくても、それが積み重なると疲れてしまう。働いてもいるし、家事は子供たちが大きくなって少し楽になったけれど、できないことについ落ち込んでしまったり……。

エルダーフラワーコーディアルは、そんな気分を変えてくれる飲み物だった。おそらく、これはコーディアルの効能というより、あの時、池辺農園で飲んだ時の記憶がそんな気分にしてくれるんだ、と公美恵は感じていた。不思議で楽しい、稀《まれ》にみる体験。誰も信じてくれなさそうだから、誰にも言っていなかった。

池辺農園に、エルダーフラワーのコーディアルは残っているかしら。

そう思って、電話をしてみた。

「エルダーフラワーのはもうないんですよ、ごめんなさい」

女性の声が答える。あの時の奥さんだろうか。

「あ、でも――竹本さんって、山崎さんのことご存じでしたよね?」

「山崎さんって……ぶたぶたさんのことですか?」

「そうです。あー、一緒にいらっしゃいましたよね? 実は、うちにあったコーディアルは、今ぶたぶたさんのところにあるんです。この間全部引き取ってくださって」

「え、そうなんですか?」

「ちょっと分けていただけるか、訊いてみましょうか?」

そんな、そこまでしていただかなくても――と一瞬遠慮しそうになったが、これでぶたぶたと接点《せってん》ができる、謝ることもできるかも、と思ったら、

「はい」

と言ってしまっていた。

「図々《ずうずう》しくてすみません……」

「いえー、ぶたぶたさんが何かに使いたいと言うのでね。でもほしい方がいるなら、多

分分けてくれるんじゃないですかね」

そうなんだ。でもどうしてぶたぶたはそんなにコーディアルを引き取ったんだろう。

「連絡してみますから、折返し電話しますね」

「はい、よろしくお願いします」

しばらくして電話がかかってくる。しばらくというより、数分——すぐだった。

「ぶたぶたさん、分けてくださるそうです。電話番号教えますね」

「ありがとうございます！」

ぶたぶたの電話番号を教えてもらい、速攻《そっこう》で電話をした。時間を置くと迷ってしまいそうだから。

「こんにちは、池辺さんから教えていただいてかけてます。憶えてらっしゃいますか、竹本といいます——」

「あー、お待ちしていました。お電話すみません」

声だけ聞いていると、電話の向こうにあのぬいぐるみがいるとは、とても思えない。優しいたたずまいの男性の声だ。

「エルダーフラワーのコーディアルがほしいんですね？　花粉症は秋もあるんです

「そうなんです……春ほどではないんですが、気圧《きあつ》が不安定だから、ストレスがたまって、ひどい時もあって」

「ああ、そうですよねー」

と言っているが、ぬいぐるみに気圧なんて関係あるのか？　低気圧で「頭痛い〜」とか言っているのは想像できない。あの短い手（？）で頭をぎゅうぎゅう揉んでいる姿が思い浮かんで、ちょっと微笑《ほほえ》んでしまう。いや、手が届かないかも。

「急に寒くなったりして、それも困るんです」

気を取り直して、真面目に話を続ける。季節の変わり目は、身体がうまく温まらない。

「冷《ひ》え性《しょう》ですか？」

「そうなんです」

冬はお風呂に入ってもすぐ身体が冷めてしまうし、夏もエアコンで足が冷たくなるので、靴下が手放せない。

「あのー、エルダーのコーディアルもお送りしますけど、身体が温まるコーディアルにも興味ありますか？」

「え、そんなのあるんですか？」

「先日、リンゴと生姜のコーディアルを仕込んだところなんです。胃腸《いちょう》にも優しいですよ」

リンゴと生姜……おいしそう。

「ヨーグルトにかけたり、紅茶に入れたりするのがおすすめです」

「えっ、いいんですか？　もちろん、代金お支払いしますけど」

「いいえ、今回初めて作ったものですから。味見して感想を聞かせてくだされば充分です」

「え、でも、そんな……」

「家で飲む用ですから、お気になさらず」

「エルダーの方は──」

「こちらもいいですよ。他の人にも渡していますし」

いろいろやり取りをしたが、結局二種類のコーディアルをタダでいただくことになってしまった。エルダーフラワーのは二本も。

後日、クール便《びん》で届いたコーディアルをさっそく飲む。エルダーはやはりさわやかで、鼻がすーっとする。家族はもう飲まないので、公美恵が秋と春にゆっくりと味わうつもりだ。

リンゴと生姜のコーディアルは、お湯で割ってみた。最初に生姜の辛《から》さが来て、そのあとリンゴの酸味と甘味が――生姜はあまりきつくないので、とても飲みやすい。身体はほんとに温まる。生姜の効果はすごいな。

もちろん水や炭酸水でもおいしい。でも一番気に入ったのは、紅茶かな。普通の紅茶より、目が覚める気がする。気分転換にぴったりだ。

コーディアルとともに入っていた手紙にメールアドレスが書いてあったので、さっそく感想のメールを出す。

『ありがとうございます。これからもコーディアルをいろいろ作るつもりなので、たまに味見をしてください』

それはもちろん。とてもうれしい。

でも、タダでもらうのは困るな……。今回はとりあえず、地元の名産品を送っておいたけど……他に何かできることはないだろうか。

ぶたぶたと出会って一年たって、また春が来た。

エルダーフラワーのコーディアルが効果あったのか、今年は楽な気がする。いや、花粉が少ないだけかな……。

去年までは、また池辺農園でエルダーフラワーをもらって、今度こそ自宅で作ろうと思っていたのだが、それはかなわなかった。年明け早々引っ越しをしたからだ。同じ県内だが、農園からはかなり離れてしまった。

父が入院して、退院しても家での介護を手伝わないとならなくなったのだ。きょうだいとも手分けしてだが、おそらく公美恵が一番負担しなければならない。

折《おり》しも下の子が就職《しゅうしょく》をして、地方で一人暮らしを始めた。上の子は会社の寮《りょう》に入っている。一軒家を手入れするのも大変だし、この際、夫婦二人で公美恵の実家近くのマンションに移ろうか、という話になった。

それで引っ越しをしたのだ。毎日目まぐるしくて、体調も相変わらず安定しない。病院に行ったら、やはり更年期障害だと診断された。少しうつ症状《しょうじょう》もあるらしく、漢方《かんぽう》薬《やく》を出してもらったが、目に見えた改善はない。

リンゴと生姜のコーディアルは身体が温まっていい香りで、朝に飲むとちょっと気分が上向《うわむ》いた気がした。もちろんおいしかったので、もう一本送ってもらおうとしたら、「もうない」と電話で言われてしまった。そうだよね。手作りのコーディアルはあまり保たない。

がっかりしていると、

「また新しいコーディアル作ったんですよ」

と言われた。

「なんですか?」

「ザクロをたくさんいただいたんで、それのを。甘酸っぱくておいしくできましたよ」

ザクロって、よく更年期障害にいいと聞くけど、本当だろうか。それもまたプラセボかもしれないが、公美恵はザクロは好きだった。小学生の頃、近所で分けてもらって、よく食べた。味は好きだが、とにかく種が邪魔で。果実だけどうにかして食べたい、でも食べられない、くやしい、と当時は思ったものだ。

「ザクロは大好きです」

ぶたぶたは他にも「こんなものを作りたい」というのを話してくれた。とても研究熱心だ。

「コーディアル作りが趣味なんですね」

あ、でも彼の職業って知らない、と公美恵は思った。雇ってもらえるんだろうか……。

「趣味というか、実は将来お店を出したいと思ってるんです」

「コーディアルの？」

「イギリス菓子と紅茶のお店を。コーディアルは飲み物として出したくて、今試行錯誤しているんです」

そうなんだ！

「どんなお菓子を出す予定なんですか？」

「前に食べてもらいましたけど、ああいうスコーンとか、伝統的なケーキとかタルトとか――コーディアルをお菓子に使えたらいいな、とも思ってます」

「お店オープンしたら、行きたいです！」

「ぜひ来てください。どこに出すか全然まだ決めてませんけどね」

そうだよね。うんと遠くに出すことになるかもしれないし、その頃公美恵もどうなるか……。夫の両親はもう鬼籍《きせき》に入っているが、父は病気だし、母も最近気弱になっている。夫ももう歳だし、公美恵自身も体調が今ひとつだし。子供たちにもいつ何があるかわからない。

不安ばかりが倍増《ばいぞう》してしまう今日この頃だったが、ぶたぶたのお店には絶対に行きたかった。そこへ行けば、初めてエルダーフラワーコーディアルを飲んだ時みたいな気分に、またなれるように思えたから。

ザクロのコーディアルは思ったよりも酸味が強かったが、それがまた昔を思い出して、なつかしい気分になった。若い時に読んだ本やマンガや音楽にまた触れたくなり、ネットで調べてダウンロードなどした。不安で気分が落ち着かない夜は、温かなザクロジュースを飲みながら、安心できる物語に没頭する。

小学生の頃、近所のお宅の縁側《えんがわ》に座りながら、庭にザクロの種を大量に吐き出したことなどを思い出して、ちょっと笑うこともできる。

これはザクロの効果？　それともぶたぶたが作っているから？

ザクロコーディアルにはささやかだが代金（ぶたぶたの言い値だったが）を払った。でも、公美恵としてはもっと何かをしたい。

イギリス菓子や紅茶のことを調べた時、ポットを保温するための被《かぶ》せ物があることを知った。「ティーコゼー」と言うらしい。半円形《はんえんけい》のキルティング生地などを縫《ぬ》い合わせて作る。

ぶたぶたの使いたいポットの大きさはわからないが、少し大きめにしたり、マチを作ったりして汎用性《はんようせい》を高くしたらどうだろう。

公美恵は、結婚するまでよく手芸をした。子供が幼稚園に通うようになってからも手作りグッズをいっぱい作ったが、今はミシンもしまいこんでいる。

そして実は、一番好きなのは刺繡《ししゅう》なのだ。自己流だし大掛かりなものは無理だが、子供の持ち物には間違えられないようにオリジナルのマークなどを入れたりした。

ティーコゼーに小さくエルダーフラワーの刺繡を入れたらどうかな。

思いついた時に勢《いきお》いでやってしまわねば、と思い、公美恵はさっそく材料を買い揃え、ミシンを引っ張り出して（引っ越しでものが少なくなっていたから、出すのが楽だった）、ティーコゼーを作った。久しぶりだし、初めてだったので少し時間がかかったが、思ったよりも上手にできた。

次の日は父の病院の付き添いだったので、待ち時間に刺繡をした。いつもは本を持っていくのだが、更年期障害のうつのせいか、なかなか集中して読めない。でも、刺繍だと手を動かすおかげか、頭が疲れない。刺繍もはかどる。

公美恵は、やはり勢いにまかせて、できあがったティーコゼーをぶたぶたに送ってしまった。

『いつか開店するぶたぶたさんのお店をイメージして作りました。おうちで使ってください』

店で使ってほしい、とはとても言えなかったが、ぶたぶたはとても喜んでくれた。

「エルダーの刺繍、繊細《せんさい》ですごくかわいいですね！」

そう言われて、公美恵はとてもうれしかった。小物程度なら、手縫いでどこでも少しの時間でもできる。縫い物をしている間は、不安なことは考えなくてすむし、すぐに時間もたつ。

ちょっとした発見だった。


その後、父は亡くなり、母には認知症《にんちしょう》の傾向が出てきた。

更年期障害には次第に慣れたが、何かあるたびに症状はひどくなったし、父の死のあとはしばらく寝込んでしまった。花粉症はずっと続いているし、季節の変わり目や気圧に影響されまくりだ。

そのたびに、ぶたぶたはコーディアルを送ってくれた。電話でちょっと愚痴《ぐち》を言うと、それに合わせたものを作ってくれる。「眠れない」と言えばカモミールで、「気分が落ち込む」と言えば華やかな香りのバラとラズベリーで、エルダーが手に入らない時期の花粉症はレモンとミントで――他にも「作ったらおいしかったから」と味見のために送ってくれたりもした。まるで自分のための魔法薬を調合《ちょうごう》してくれているみたいだった。

そのたびに公美恵はちょっとした小物を作ってぶたぶたに送る。ティーコゼーだけでなく、コースターやランチョンマット、鍋つかみ――はいらないんじゃないかと思ったが、一応。送ってもらったコーディアルに合わせて刺繍もした。

喜んでいてくれているかはわからない。使い道がなくて、本当は困っているのかも。洗濯機で洗っても問題ないように作ってあるんだけど、もっと高級な感じの方がいいのかな……。

自己満足であっても、できてしまうんだもの……。作っていると、楽しいことしか思い出せない。池辺農園でのこと、ザクロを食べた時のこと、手芸をたくさんしていた頃のこと、子供たちそれぞれのマークを家族みんなで考えたこと——終わると、不安なことだらけとまた気づいてしまうが、ほんの少しの逃避《とうひ》が自分を支えてくれている。もちろん、ぶたぶたのコーディアルも。

そんなある日、ぶたぶたから電話が来た。

「いつも小物を送ってくださって、ありがとうございます」

こんな改まって言われるとは……なんだろうか。ちょっと不安になる。

「実は初めて、竹本さんに依頼《いらい》したいことがあって」

ぶたぶたを知って、もう十年近くたっていた。顔を見たのも、あの時だけ。顔というか、姿は今でもはっきり憶えているが、時折本当にぬいぐるみだったのか、と疑問に思う時もある。誰にも言わなかったから、公美恵の周りは誰も知らないのだ。もちろん、池辺農園のみなさんは知っていることだろうけれど。

だから、「依頼」なんてことを言われてとても驚いてしまった。なんだかいつも、公美恵が一方的に話しているみたい、と感じていたから。

「なんでしょう?」

ドキドキしてたずねると、

「カーテンに、刺繍をしていただきたいんです」

「え？　どんなカーテンですか？」

「カフェカーテンと、短めの普通の窓用のもの二枚くらいですか。いつも送ってくださる小物のように、裾《すそ》にちょっとだけ入れてくだされば」

どの小物も、モチーフが違っても統一感があるようなデザインにしてある。文字などは入っていないから、そんなに難しいことではないが、依頼となると緊張する。

「実は、お店をついに開くことになりまして。送っていただいたティーコゼーとかコースターを使わせてもらおうと思っていたんです。そこは居抜きなんで、内装はあまりいじれないんですが、それなら、お店にかけるカーテンに竹本さんの刺繍を入れてもらえば、さらに統一感《とういつかん》が出るかな、と思いまして」

ぶたぶたがお店を！　しかもそこで公美恵が作ったグッズを使ってくれる！　いくつ送ったのか、頭の中でざっと数えてみた。どのくらいの規模《きぼ》の店かはわからないが、こぢんまりしたところであれば、充分行き渡るはずだ。っていうか、そんなにあたし送っていたのか……。ちょっと送りすぎだったかな。それが彼にプレッシャーを与えていなかったかな？

でも、

「喜んで引き受けます」

引き受けないわけにはいかないだろう。

自分のことではないのに、すごくうれしかった。最近は何を聞いてもこんなふうに感じられなかったのに。

「何かモチーフにリクエストはありますか?」

ぶたぶたは少しの沈黙《ちんもく》ののち、

「エルダーフラワーでお願いします」

と言った。それは、「おまかせします」と言われたらそれにしようと公美恵も思っていた。小さな白いエルダーフラワー。ぶたぶたへ贈《おく》った初めての刺繍の花だ。

「店の名前は入れなくていいんですね?」

「はい。入れなくても充分統一感があります」

「どうして?」

「店の名前は『コーディアル』っていうんです」

公美恵は送られてきたカーテンに刺繍を施《ほどこ》し、ぶたぶたの元へ返した。

最近、身体の調子がいい。寄る年波《としなみ》には勝てないだろうが、以前のように陰鬱《いんうつ》に落ち込んだり、泣いたりすることも減った。

それは、母を施設に入れて肩の荷が下りたことも関係するだろう。そして、上の子供の結婚も決まった。でも結婚したら、海外へ行ってしまうと言う。

以前なら、その「いなくなってしまう」ところばかり悲しんで、心から喜んであげられなかったかもしれない。それを表に出さないように、必死に取り繕って、疲れ果てたかもしれない。

なぜかそれが今は、楽になっていた。どこででも幸せでいてくれればいい、と思える。

ああ、更年期を抜けたのかも。

そう気づいたのは、ぶたぶたが「コーディアル」の開店を知らせるハガキをくれた時だった。郵便ポストからそのハガキを出し、裏面を読んだ時。

「コーディアル」は果物やハーブの砂糖漬けシロップのことを指しますが、本来は「心からの」「誠実な」という意味の言葉です。

この十年、わたしはぶたぶたが作ってくれたコーディアルを飲んで、乗り切ってきた。もっとつらい人もたくさんいるだろう。平凡《へいぼん》と言えばそうかもしれない。でも、受け止められる重さは人それぞれ違う。公美恵は、その重さでもつらかった。その重さを、ぶたぶたのコーディアルと、電話の声が軽くし続けてくれた。

それは多分、ぶたぶたの心が、それらに確かにこもっていたからに他ならない。彼の心は、どこにいても、離れていても届いていた。

ぬいぐるみとか、本当に関係なかった。ずっとわかっていたのに、今まで気づかなかったのだ。

もう大丈夫、と心から思えた。ハガキを思わず抱きしめる。花粉症はまだあるんだけどね。

その時、携帯電話が震えた。池辺の奥さんからの電話だった。

「ぶたぶたさんのお店に、一緒に行きませんか？」

言われなくても、公美恵も誘うつもりだった。先を越された。

「もちろん」

今度こそ勇気を出して、最初の失礼を謝らなければ、と公美恵は思った。電話ではなかなか口に出せなかった。

十年ぶりに会っても、やっぱり驚きそうではあるのだが。

あとがき

お読みいただきありがとうございます。矢崎存美です。

さて、今回は「ティータイム」というタイトルどおり、「お茶の時間とお菓子」がテーマになっています。いわゆる英国風がベースですが、堅苦《かたくる》しいものではありません。どのように楽しむかは、本文中でぶたぶたが言っておりますが。

英国風のお茶といえば、アフタヌーンティーが有名です。一時期ホテルを中心にいろいろなところへ行きました。

アフタヌーンティーは三段重ねのスタンドで提供というのが一般的ですが、あれは実は省スペースのため、という説もあるようですね。私が行ったアフタヌーンティーの中には、スタンドを使わず一皿一皿フルコースのように出てくるものもありました。スタンド自体が特別製でとてもかわいかったり凝《こ》っていたり、お弁当みたいな容器で出てきたものも。

サンドイッチ、スコーン、ケーキという正統《せいとう》なメニューだけでもなかなかのボリュームなのに、他にもいろいろ出てきたり、なんならおかわりも自由だったりするのですよね。それにもちろんお茶も飲み放題。お昼を抜いていっても、食べたら夜はいらないという量です。元々は貴族《きぞく》の午後の軽食だったそうなので、かなり遅い夕食までもたせるためには必要な量だったんじゃないでしょうか。

英国風ケーキを出すお店などにも取材というか、単に好きで行っていたんですが、元は家庭のレシピなだけあって、味は千差万別《せんさばんべつ》。紅茶が進む甘さのものも、日本人向けに甘さ控《ひか》えめのものも、どちらも私は大好きです。

ところで、小耳にはさんだところによると、東京って紅茶専門店が少ないらしいですね。そういえば、マリアージュ フレールとかルピシアみたいな大手にはたまに行きますが、個人の店ではなかなか思いつくところがありません。昔好きだった紅茶専門店も関西のものだったなあ。紅茶専門店ってお菓子おいしいところが多いですよね。

さて、前作『編集者ぶたぶた』を出した時に、
「ぶたぶた二十周年記念の締めくくりは、トークセッション＆サイン会！」などとお話ししましたけれど、去年十二月十一日にジュンク堂書店《どうしょてん》池袋《いけぶくろ》本店《ほんてん》さんにて、ぶたぶたのコミカライズをしてくださっている安武《やすたけ》わたるさんをゲストに迎え、小説とマンガ両方のぶたぶた秘話などをお話ししました。そしてそのあとはサイン会。雨の中、たくさんの方に集まっていただき、ありがとうございました！

くわしいことは私のブログや、「山崎ぶたぶた」のインスタグラムにレポートが載っていますので、検索していただけるとありがたいです。

けっこうぶっつけ本番だったんですよ、トーク自体は。なぜかというと、あまり綿密《めんみつ》に打ち合わせをすると、それで満足してしまいそう、と思ったもので。ネタ自体はお互いにぶたぶたをずっと書いて（描いて）きた者として、尽きることはないと思いましたし。

しかしこの判断は、安武さんあってのことだったな、と今は思います。彼女がＭＣとしてとても優秀な方だった——。私がぼんやりするヒマなど与えず、どんどん話を引き出してくれたのです！　ほんと、足向けて寝られないです……ありがとうございまし

た！

返す返すも残念だったのは、安武さんがちょっと体調を崩してしまい、お薬のんじゃったので、打ち上げでお酒をごちそうできなかった、ということです。彼女はお酒大好きなので、ぜひ飲んでほしかったのに～！

次に会う時は、思いっきり飲んでください。私は下戸《げこ》なので、隣でおいしいもの食べてますね。

手塚《てづか》リサさんの表紙は、アフタヌーンティースタンドを運ぶぶたぶたです。私が考えたメニューも絵で美しく再現していただいています。今さらですけど、手塚さんの描く食べ物もとてもおいしそうですよね！　ありがとうございます！

その他、いろいろお世話になった方々、ありがとうございました。

今作をもって、ぶたぶたシリーズは三十作目になりました。これからも末永《すえなが》く愛していただけるよう、山崎ぶたぶたともどもがんばっていく所存です。

よろしくお願いいたします！

光文社文庫

文庫書下ろし

ぶたぶたのティータイム

著者　矢《や》崎《ざき》存《あり》美《み》

2019年7月20日　初版1刷発行

発行者　鈴木広和
印刷　萩原印刷
製本　ナショナル製本

発行所　株式会社　光文社
〒112-8011　東京都文京区音羽1-16-6
電話（03）5395-8149　編集部
8116　書籍販売部
8125　業務部

落丁本・乱丁本は業務部にご連絡くだされば、お取替えいたします。
ISBN978-4-334-77872-9　Printed in Japan

組版　萩原印刷